Sonya
ソーニャ文庫

虜囚

仁賀奈

イースト・プレス

contents

——今日、僕は義姉の身体を穢《けが》すつもりだ。

プロローグ　檻に迷い込んだ雛鳥

義姉のシャーリーが、恐る恐るといった様子で部屋を覗いてくる。

今年十七歳になるブライトウェル家の当主、ラルフ・ブライトウェルは、その姿を見つけて、密かにほくそ笑んだ。彼女がここに来ることは予期していた。待ちわびていた少女の訪れに、胸が沸き立つ。

燭台《しょくだい》の灯りに照らされ、彼女の艶《つや》やかな髪や愛らしい深緑の瞳、お人形のように長い睫《まつげ》、薔薇《ばら》色の頬が、暗闇に浮かび上がる。薄桃色の唇はプルンとしていて肉感があり、見ているだけでキスしてしまいたくなるほど愛らしい。彼女の透けるように白い肌、華奢な体躯《たいく》、甘い香り。なにもかもすべてが、ラルフの胸をときめかせてやまない。

ラルフは、まだふたりが幼い頃から、シャーリーにずっと想いを寄せている。

「入っておいでよ。もしかして眠れなかった？」

ビクビクと怯えた様子の義姉に優しく声をかける。すると、彼女は申し訳なさそうに部屋に入ってきた。

「……こ、怖い夢を見て……」

義姉は子供みたいなセリフを呟き、しょんぼりと俯《うつむ》いてしまう。

普段の彼女はしっかり者だ。いつも義弟であるラルフを甲斐甲斐しく世話してくれている。それなのに今の彼女はまるで別人のように頼りない。

「僕もよく怖い夢を見るよ。大丈夫だから、一緒に寝よう」

今日のふたりはいつもと逆の立場になっていて、ラルフはそのことに笑ってしまいそうになる。

——ここで、笑ってはいけない。

なぜなら今、自分は彼女を心配している弟の役を演じているのだから。

躊躇《ちゅうちょ》したまま立ち尽くしているシャーリーを扉まで迎えに行く。どうやら、弟の眠りを妨《さまた》げてしまったと思い込んでいるらしい。申し訳なく思っている表情が、堪《たま》らないほど愛しかった。気に病まなくても、なにも気にする必要はない。ラルフは、義姉が自ら望んでここに来るのを待ち構えていたのだから。

「ふ……」

願い通りの状況に満足したラルフは、薄《うっす》らと微笑む。俯いているシャーリーはそのことに気づいていないようだ。

逸《はや》る心を抑えて義姉に近づく。ふわりとした薔薇石鹸《せっけん》の芳しい香りが甘く鼻孔を擽《くすぐ》った。彼女はさっきまでバスルームを使っていた。その水音は、隣のこの部屋にまで響いてきていた。

ラルフは、水音に想像を掻き立てられ興奮を堪《こら》えていたのだ。今もそうだ。

シャーリーはラルフと血が繋がっていると信じているため、目の前にいる男が自分を性の対象にしていると気づいていない。無防備で愚かな彼女を前にしていると、今すぐ穢してしまいたい衝動に駆られてしまう。

けれどラルフは、欲望を無理やり心の奥底へと抑え込む。

いけない。まだ。今はまだ、そんなことをしてはいけない。

義姉がもっと自分に対して気を許し、身も心もゆだねるようになってからだ。

そのときに初めて、義姉の魅惑的な身体を、ラルフとして最後まで堪能《たんのう》するのだ。

「……一緒に、寝ようよ」

シャーリーから漂う蕩《とろ》けるように甘い芳香に眩暈《めまい》がする。息が乱れそうだった。

それを必死に抑え込み、悲痛な表情を浮かべる義姉を連れて部屋の奥へと向かう。

今日のシャーリーが、いつもと違って怯えた様子なのには理由がある。

彼女は夕方、いきなり背後から目を塞がれ、何者かに凌辱《りょうじょく》されたのだ。

恋人はいるものの、まだ身体の関係はなかったらしい。清らかな身体を草の上に組み敷かれ、身体中を舐めしゃぶられ、処女を強引に奪われてしまった。

とてもかわいそうな義姉。だから、ラルフは誰よりも優しくしてあげるつもりだ。

誰よりも大切なシャーリーの、心と身体を引き裂いた犯人は決して許さない。

それが建前。

ラルフの本当の気持ちは違う。今すぐにでもベッドに押し倒し、甘い身体の隅々まで舐めまわして、欲望の限り抽送《ちゅうそう》し、滾《たぎ》る熱をすべて注いでしまいたかった。

ラルフは姉を慰めるそぶりをして、うまく自分のベッドのなかに誘導する。そして、華奢な肢体《したい》を横たえて、毛布をかけてやった。

義姉の身に着けている邪魔な布地など、すべて剝《は》ぎ取って、甘《あま》やかな香りを存分に嗅《か》ぎ、滑らかな肌の隅々まで堪能したい。

想像するだけで、体温が迫り上がって、えも言われぬほどの欲求が込み上げてくる。

無理強いはしない。紳士的に。優しく。そして、思いやりをもって。

逃げる気力すら奪うほどの強い毒を仕込むために、まずは固く閉ざした心の殻を開いていくのだ。

「……姉さん。……抱きしめてもいい？」

尋ねると、シャーリーは微かに頷いた。

「辛かったよね。もう大丈夫だよ。ずっと僕が守ってあげるから」

今にも泣きそうな義姉をそっと抱きしめながら、ラルフは心のなかで謝罪した。

——今日は、ひどいことをして悪かったよ、義姉さん。初めてだったんだもの、すごく痛かったよね？

暴漢の正体はラルフだ。しかし義姉はなんの疑いも持たずに、凌辱した犯人である義弟のもとに、慰めを求めてやってきた。こんな喜劇があるだろうか。だが、どれほど道化を演じようとも、真実は永遠に明かすつもりはない。

それに、シャーリーのすべてを手に入れるために、ラルフにはまだやるべきことがあるのだから——。

第一章　奪われた初恋

ブライトウェル公爵家の邸《やしき》に、義姉のシャーリーがやって来たのは、ラルフがまだ四歳の頃だ。

彼女が邸にやってくる前の日に、ラルフは両親の話を偶然に盗み聞きしたので、どういう経過で彼女が引き取られたか知ることができた。シャーリーは、父の初恋の相手である女性と、母が長年片思いしていた男性の間に生まれた子供らしい。そしてその、シャーリーの実の両親は、ボートの転覆事故で亡くなってしまったのだという。

シャーリーはとても利発な少女だった。亡くなった両親の趣味で、髪を短く切られていたせいか、初めて会ったときにはまるで男の子のようにも見えた。

男児用の衣装の着こなし方や口癖、笑い方や仕草などが彼女の実父の幼い頃に瓜二つ。

そのことが、ラルフの母に積年の恋を思い出させたらしい。

養女としてやってきたシャーリーは、途端に母のお気に入りとなった。そして、彼女はすべてにおいて、実の子であるラルフよりも優先された。

本人には養女であることを気づかれたくないという母の希望で、彼女はラルフの双子の姉という立場になった。

ラルフはふわふわとしたクセのある金髪を持ち、青い瞳をしている。対してシャーリーは、鳶《とび》色の髪に深緑の瞳の持ち主だ。もちろん顔のつくりも、ラルフの両親とはまったく似ていない。確かに年は同じだが、双子というには無理があるのではないかと思えた。だが、世の中には似ていない双子はいくらでも存在しているらしい。特に男女の双子にはその傾向が多いそうだ。

――そして、養女としてシャーリーがブライトウェル家に迎えられて以来、ラルフの生活は一変した。

すでに自我が芽生えていて、親に甘えたい年頃のラルフは、いきなり振って湧いた少女に両親の関心を奪われ、悔しくてならなかった。その頃は、義姉を恨んでいたといってもいい。

だが数年経ったある日、母の友人たちが自分の娘を連れてブライトウェル家の邸へ遊びに来たときのことだ。

ラルフは見たことのない美少年ともてはやされて、娘たちに取り囲まれてしまった。

そのときラルフは、シャーリーが初めて人前で大声を上げるのを聞いた。

「触っちゃだめっ。ラルフは私だけの弟なの！」

そう言って娘たちを追い払ったシャーリーにギュウギュウと抱きしめられたとき、ラルフは、母が羨望の眼差しでこちらを見ていることに気づいた。

シャーリーは、子供らしからぬ言動をする少女だ。

食事をしていて、少しでも食べこぼせば冷静に謝罪し、クセのある料理でも残すことはない。着るものを与えられれば、男物であろうとも口答えすることもなく身に着ける。

なにごとにも執着しない性格なのか、なにかを要求することもほとんどない。

「ええ。ありがとう。私はそれでいい」

それがシャーリーのいつも口にしている言葉だ。初めは気にならなかったが、よくよく考えてみると機械人形のような味気ない返事だ。

そのシャーリーが、なにかに対してこうして独占欲を露わにしたのは初めてだった。

ラルフの身体に回された腕は力強く、そして温かい。必死な形相のシャーリーを見ていると、愛らしいと思う反面、なぜだかとても泣かせてみたい衝動に駆られた。

優越感と幸福感。嗜虐《しぎゃく》と庇護欲《ひごよく》。わけもなくあらゆる感情が湧き上がる。長い間鬱々《うつうつ》としていたラルフだったが、無性に笑いが込み上げてしまった。

「そうだよ。僕は姉さんだけのもの。……だから、そんなに怒らなくていいんだ」

そっと抱き返してやると、シャーリーは邸に連れられてきてから初めて、心からの笑みをみせた。それは、まるで薔薇の蕾《つぼみ》が綻《ほころ》ぶような愛らしい笑顔だった。

ずっと邪魔者だと思っていたシャーリーをラルフは敬遠していた。だがその日からは、彼女に甘えたり優しくしたりするようになった。偏愛している養女の関心を取られて、嫉《しっ》妬《と》する母を見ていると、気分がよかったせいもある。

そして、理由は解らないが、義姉がラルフのことを誰よりも大切に思ってくれているのはひしひしと感じられた。そのことが、ひどく心地よかった。誇らしかった。そして同時に疎《うと》ましかった。

シャーリーは人を疑うことを知らない。彼女はいまだに、ラルフが自分で着替えすらできないと思っているようだ。しかし、そんなのは嘘に決まっている。

ラルフが甘えると義姉が喜ぶから、できないふりを続けているだけだ。だが、シャツのボタンを留めてくれるシャーリーを上から眺めるのは悪くない。その瞬間だけを瞳に焼きつけておくと、まるで服を脱がされ、自分が彼女に犯されそうになっているかのように見える。

誰よりもかわいらしくて、誰よりも愛しいシャーリー。彼女を守りたいのか、傷つけたいのか。自分でも解らず、なんど懊悩《おうのう》したか解らない。

自分の感情はいつまでも計りしれないが、ひとつだけ解っていることがある。自分以外の誰かが、義姉を愛するのも傷つけるのも許せないということだ。

「義姉さんに触れていいのは、僕だけだ」

ラルフの歪んだ独占欲は、日に日に強まっていた。そうして、ふたりが成長していくにつれて、両親の様子もおかしくなり始める。

最初は、義姉を溺愛《できあい》していたはずの母が、彼女を疎んじるようになった。

「きっとお母様は、私のことが嫌いなの……」

不安げに呟く義姉に、父はとても優しく接していた。

「気のせいだ。そんなことはないさ。ほら、シャーリーこっちにおいで。抱きしめてあげるから」

――そう、不自然なぐらいに。

父は、養女を相手にしているとは思えないほど、シャーリーに愛しい眼差しを向けていた。

年頃になった義姉は、少年のようだった幼い頃とは打って変わって、美しく艶やかに成長していた。その姿は、父が恋していた女性にいつしかそっくりになっていたらしい。故に母は、前世の仇でも見ているような眼差しをシャーリーに向けるようになったのだ。日々女性らしさが増すにつれて、母の想い人の面影をなくしていき、この世でもっとも恨んでいた女に生き写しとなる彼女を愛せといっても無理な話だ。

そんな母の素っ気なさに、なにも知らないシャーリーも、自分が疎んじられていることに気づいている様子だった。そして、母から得られなくなった愛情を、せめて父から得ようと必死になっていった。

「お父様。日曜には、一緒に遊んでくれる？」

父の膝にのって、無邪気に微笑む義姉を、母は忌々しげに見つめていた。だが、父は鼻の下を伸ばして、彼女の頭を撫でた。

「もちろんだ。いつだって私は、お前の傍にいるよ」

実の父親なら、普通の行為だ。しかしふたりは血が繋がっていない。寄り添うふたりの姿を見ると、ラルフの胸の奥はいつもざわめいた。

嫌悪感。嫉妬、そして、戦慄《せんりつ》。

義姉に言いたかった。『その男に近づいてはいけない』と。だが、漠然とした不安だけで、『父を避けた方がいい』なんて、血の繋がった家族だと信じている義姉には伝えられるわけがない。

——そんなある日。

夜更かししていたラルフは、隣接する義姉の部屋から物音が聞こえてくるのに気づいた。シャーリーがトイレに起きたのだろうか？

そんな考えが浮かぶ。だが、ひどく嫌な予感がして、隣室へと続く扉を開いた。するとそこには、眠っているシャーリーにのしかかろうとする父の姿があった。

ゾッと血の気が引いた。

「……なにしているの」

冷ややかな声で、ラルフが問いかける。父は焦った様子で顔を上げた。

「あ……ああ、ラルフか……。シャーリーがあまり眠れないようなことを言っていたからな。様子を見に来てやったんだ。それより、お前たちも年頃なんだから、いきなり部屋に入るような真似をするのは感心できんな」

夜中に娘のベッドに忍び込んできた男にだけは言われたくない。そう思いながらも、ラルフは笑顔を浮かべた。

「これからは気をつけるよ」

父はそそくさと部屋を去って行った。だが、またいつ戻ってくるか解らない。

仕方なくラルフは、シャーリーのベッドに忍び込み、朝まで見張ることにした。すると案の定、明け方近くに父が戻ってきた。だが、ラルフが隣にいることに気づくと、諦めて去って行った。

「どうして、ラルフが私のベッドにいるの？」

翌朝目覚めたとき、なにも知らないシャーリーは唖然《あぜん》としていた。

「実は毎晩怖い夢を見るんだ。お願いだから、今夜から一緒に寝てよ」

甘えたふりをしてシャーリーに抱きつくと、まるでぬいぐるみにするみたいに、ギュッと抱きしめてくれた。

「ラルフったら、夢なんて怖くないのに」

確かに夢なんて怖くない。怖いのは、己の欲だけで動く人間が蔓延《はびこ》る現実だ。

冷ややかにそう考えながらも、ラルフはシャーリーに、だだっ子のように首を横に振ってみせた。

「姉さん。だめって言わないで。一緒に寝て」

わざと甘えた声で懇願する。こんな風に言えば、ラルフに優しいシャーリーは絶対に拒まない。それを見越してのセリフだ。

「仕方ない子ね。……もうっ。いいわよ。一緒に寝よう？」

シャーリーは思っていた通りの返答をした。

許しの言葉を受けて、ラルフはシャーリーの胸に顔を埋める。彼女の身体からは石鹸の甘い香りが漂ってきた。成長途中である胸の感触が柔らかくて心地よい。こうしているだけで、ゾクゾクしてしまう。

もっと甘い香りを嗅ぎたい、身体中に手を這わしたい。そんな欲求を堪えながら、ラルフは静かに決意した。義姉は自分だけのものだ。父になど触れさせない。

それからは毎晩一緒に眠って、義姉を守ることにした。いつも神経を張りつめていたので、義姉以外の人間の気配に敏感になり、ラルフは彼女の傍でしか安眠できなくなってしまっていた。

「ラルフはいくつになっても子供ね」

眠る前に、シャーリーは欠かさずラルフの頭を優しく撫でてくれる。

「だって……、僕は姉さんが隣にいないと安心できないんだ」

人を疑うことを知らないシャーリーは、ラルフの行動を言葉通りに受け取っている様子だ。その鈍さが、愛らしくもあり、憎らしくもあった。

ラルフが落ち着いて寝られないのは、独り寝が淋しいからではない。目を離した隙に義姉が父に襲われるのではないかと、心配だからだ。

「だから毎日傍で眠ってよ」

キュッと彼女の腰にしがみつくと、温もりが伝わってくる。これは自分だけのものだ。父になど渡してたまるものか。

「いいけど、少しずつでもひとりで寝られるように、慣らさないとだめよ?」

まるで母親気取りで、シャーリーが叱ってくる。

確かに慣らさなければだめだ。眠っていても、もっと気配に敏感にならなければ。

「うん。でも、まだまだ無理そうかな」

義理の娘を偏愛する、獣のような父が生きている限りは、危険がつきまとう。

いっそこの部屋のすべてに鍵をかけて、自分以外の人間の出入りができないようにしたいぐらいだ。

「ごめんね」

ラルフは小さな声で謝罪する。あんな男でもラルフにとっては血の繋がった父親なのだ。自分の手で始末するわけにはいかない。

「謝らなくてもいいわ。私もラルフと一緒だと落ち着くから……」

謝罪の意味を当然知らないシャーリーは、微笑んでみせる。そしてラルフの身体を抱き返してくれた。シャーリーの身体からは甘く誘われるような芳香が漂っている。ずっとこの香りを嗅いで、永遠にこうしていたい。そう願ってやまない。両親といえども、煩わしいものはぜんぶ捨ててしまいたかった。

「おやすみ。シャーリー」

「うん。おやすみ。ラルフ」

ふたりでそう言って瞼《まぶた》を閉じるが、シャーリーはすぐに眠りに落ちてしまう。寝つきの悪いラルフは、いつも置いてけぼりだ。しかし、かわいらしい寝顔を見ているだけで、心が和む。

しばらく幸せな気分でいたが、シャーリーの部屋に忍んできた父の姿が脳裏に過《よぎ》ると、ふつふつと怒りが湧いてくる。彼女を守るのは、自分の役目だ。そう固く決意する。

そうして、ふたりは十六歳になった。リジェイラ王国では結婚も可能な年だ。

しかし父の誕生日が近づいたある夜。ラルフは、ふたたびシャーリーに危険が迫っていることを知った。

「シャーリー。お前も十六歳になったのか。まさかあの小さかった女の子が、こんなにも愛らしく成長するとは」

廊下を歩いていたラルフは、書斎から漏れる父の声を聞いて、閉じられた扉の奥に思わず耳を澄ませた。どうやらシャーリーも一緒にいるらしい。

「私、お父様になにかプレゼントしたいわ。欲しいものはある？」

無邪気に尋ねる義姉に、父はとんでもないことを言い出した。

「そうだな。お前が十六歳になった記念に、特別なものをもらおうか。そうだ、良い考えがある。……母さんとラルフには内緒で、ふたりだけで別荘に行こう。そこで、お祝いをしてくれないか」

「なんだか楽しそう。ふたりだけの秘密の約束ね」

父の欲望に気づかない義姉は、無邪気に喜んでいた。だが、ラルフには、父の考えが手に取るように解った。初恋相手とそっくりに成長したシャーリーを、父は誰もいない場所で自分だけのものにしようとしているのだ。

「絶対に、そんなことはさせない」

ラルフはたとえ父を刺し殺すことになっても、シャーリーを守ろうと心に決めた。

だが、父の誕生日の前夜。雨の日に舞踏会に出かけていた両親は、馬車での帰り道、落石事故に遭い、あっけなくこの世を去ってしまった。

とつぜんの訃報《ふほう》。

「そんな……」

自分を愛してくれる大好きな父のために、誕生日プレゼントを用意していた義姉は、その知らせを聞いて、ラッピングされた小箱を取り落とした。一方ラルフは、訃報を聞いてもなんの感慨も湧かなかった。

実の息子を蔑《ないがし》ろにしてまで、想い人の忘れ形見を溺愛していたのに、成長すると、急に態度を変えた愚かな母。

初恋の相手と瓜二つに美しく成長した義姉を、自らの毒牙にかけようとしていた父。

——早く、死ねばいいのに。

心のなかで密かに、ラルフがずっと繰り返していた言葉だ。それが呪いとなって、ようやく両親に降りかかってくれた気分だった。

「……お父様、お母様」

なにも知らずにシクシクと泣き続ける清らかな義姉。

いっそ父の代わりに、明日にでも義姉を穢してしまおうか。そんな残虐な気持ちが湧き上がった。今なら邸中が慌ただしい。彼女が助けを求めても、誰も駆けつけはしないだろう。いや、知られても構わない。ラルフはこの家の当主になるのだから。

そんな仄暗い欲望を抱いたまま、一歩ずつシャーリーに近づいていった。

だがシャーリーは、ラルフが言葉もないほど深く傷ついていると勘違いしたらしい。

彼女を拘束するために伸ばしたはずの手が、いきなりギュッと摑まれた。そして、涙に濡れた瞳でシャーリーは無理に笑った。手を包み込む温かな感触に、ラルフは毒気が抜かれ、欲望も萎んでしまう。

「これからラルフのことは、私がずっと守ってあげる」

あまりのバカさ加減と、清らかさに、苦笑いしそうになった。自分の身の危険すら気づかなかったくせに、どうやってこんな華奢な手でラルフを守るというのか。

滑稽で笑えてくる。だが、愚かな義姉はこの世の誰よりもかわいらしく思えた。

「なにを言っているの。シャーリーを守るのは僕の役目だ。ずっと傍にいる。誰よりも幸せにしてあげる」

そう。あの愚かな両親たちよりも、自分の方がずっと、義姉を幸せにできるはずだ。

父から守ってきたように、シャーリーを誰の毒牙からも守る。そのことをずっと忘れずにいるために、ラルフは義姉が父にプレゼントするはずだった懐中時計を持ち歩くようになった。シャーリーが落としたときに、どこか壊れてしまったらしいその時計は、秒針の音が耳障りなほどうるさかった。時計の存在も音も、なにもかもが煩《わずら》わしい。だからこそ、戒めに持ち歩くにはぴったりだと思った。

それから、邪魔者のいないふたりだけの生活が始まった。

シャーリーは、ラルフを励まそうとしているのか、無理に明るく振る舞っていた。その姿が憐れでもあり、おかしくもあった。

そして、夜が更ける。もう父が夜這いをかけてくる心配はない。安心して別々に寝られるとラルフは安堵していたが、そうはいかなかった。両親が急死した悲しみから、シャーリーが不眠症になってしまったのだ。ラルフは結局、一緒に眠ることにした。

さらに、子供っぽい彼女にぴったりだと思い、ホットミルクも用意した。シャーリーは素直に飲んでくれたが、それでも眠れない様子だった。

「ラルフのおかげでよく眠れたわ。ありがとう」

シャーリーは、ラルフを気遣って微笑んでみせる。

今までずっと一緒に眠っていたのだ。シャーリーが目を瞑って寝たふりをしていても、本当に熟睡したかどうかぐらいの判別はつく。それに、ラルフが寝静まっているはずの時間になると、ひっそり啜《すす》り泣く声が聞こえていた。

淋しそうな声に、ラルフは心臓を摑まれるような思いがした。寝返りを打つふりで、シャーリーを抱きしめると、ラルフを起こしたくなかったのか、懸命に嗚咽を押し殺して震えていた。

ラルフは、そんな彼女をもっと抱きしめてやりたくて、安心して眠らせてやりたくて堪らなかった。

「……それじゃあ、毎日シャーリーが寝る前にホットミルクを用意してあげる」

ラルフは思案して、翌日のホットミルクには身体を温めるための酒を入れてみた。

「ねえ、ラルフッ。なにを入れたの。お酒なんて私飲めないわ」

しかし、アルコールを受け付けないシャーリーは、匂いだけで拒否してしまう。

どうやったら落ち着いて眠ってくれるだろうか？

睡眠のとれないシャーリーは、日に日に顔色を悪くしていった。目の下にはくっきりとクマが残り、あまり食事もとらないため、痩せてしまっている。このままではいずれ命を落としてしまうかもしれない。

焦ったラルフが最後に思いついた方法は、強引に眠らせるというものだった。

「はちみつを入れてみたんだ。これを飲めばすぐに眠れるよ」

義姉に内緒で、副作用のない強力な睡眠薬を入れたホットミルクを用意したのだ。

はちみつを入れたのは、薬の匂い消しのためだ。当然ながら義姉はすぐに眠りに落ちた。

だが、薬で無理やり眠らせているため、シャーリーは得意だったはずの寝起きが悪くなってしまう。だが、それぐらいの弊害はしょうがない。

「ラルフ。……おやすみなさい」

「うん、おやすみ。いい夢を」

義姉は薬のおかげで、毎晩眠れるようになっていた。それでも、淋しそうな瞳を放《ほう》っておけず、ラルフは以前と変わらずに彼女の隣で眠っていた。

これで、すべての問題は解決したはずだった。

——しかし、次第にふたりの関係は崩れてしまう。

神経質なラルフの寝つきは悪い方だ。父のせいで、眠るときには耳を澄まして警戒する癖がついてしまったせいかもしれない。ベッドに横になっても、すぐには眠れなかった。

以前なら、ベッドのなかでシャーリーと話をすることもあったのだが、睡眠薬のせいで先に寝られてしまい、ラルフは暇を持て余すようになった。

本を読むには部屋が暗過ぎる。燭台の灯りを強くして、シャーリーの眠りを妨げるのも躊躇《ためら》われた。なにもすることがないラルフは、隣で熟睡しているシャーリーのふっくらとした唇をつついてみた。

「柔らかい」

義姉の唇は色も美しく弾力があり、触れるととても気持ちがいい。楽しくなって、指先で頬を擽《くすぐ》り、唇に触れる行為を続けていると、ふいに唇の割れ目に指が入ってしまった。指先に触れた熱く濡れた舌の感触に、ゾクゾクと震えた。

もっとなかまで弄《いじ》りたくなって、指をさらに奥へと押し込む。

「……んっ」

喉奥の方まで指を押し込むと、シャーリーが苦しげに眉根を寄せる。

「ああ、ごめん。でも、手前の方なら、苦しくないよね？」

熱く蠢《うごめ》いているシャーリーの舌の上を、ヌチュヌチュと擦る。赤い粘膜がぐにぐにと動く、その卑猥《ひわい》な光景を眺めていると、やはりもっと奥を弄りたい衝動に駆られた。

昂ぶる欲望を抑えて、じっとシャーリーを見つめる。すると、唇を開かせているせいで、唾液が外に溢《あふ》れてきた。

「あ……」

艶やかに濡れた唇が、ひどく扇情的に見えてならなかった。

ラルフは、次第に唇を塞ぎたくなってしまう。

人の眠っている隙に、唇を奪うような卑劣な真似をして、義姉に気づかれたらきっと怒られるだろう。解っていた。だが、どうしようもなく誘惑されてしまう。

もしも、ラルフが自分の願いを叶えても、シャーリーはぐっすり眠っているだろう。

睡眠薬で眠らせてあるのだから、起きるわけがない。

「これぐらいなら……」

そう自分に言い聞かせるのと同時に、ラルフは義姉の唇を奪っていた。

「……ん……っ」

唇が触れ合う柔らかな感触が心地いい。シャーリーとこうしているだけで心臓が高鳴り、脈が速まる。ラルフは息が乱れるのを堪えて、深く口づけた。すると、ジンと唇が甘く痺れた気がした。

「シャーリー」

角度を変えて、なんどもなんども口づける。溢れた唾液を啜《すす》り、温かな身体を抱きしめる。愛しい義姉は、自分だけのもの。決して誰にも渡さない。

「……大好きだよ……」

自然と呟いた声は、思いがけず甘いものだった。

——人が望むとも望まなくとも、夜は毎日訪れる。

初めは、無防備に眠る義姉の唇に触れるだけで満足していた。それなのに、ラルフの欲望はとどまることを知らず、身体を蝕《むしば》む病のように増大していく。

「シャーリー。愛している」

義姉は今晩も、ラルフ特製のはちみつ入りのホットミルクを飲み干した。睡眠薬のおかげで、ナイトガウンを乱されても身動《みじろ》ぎすらせず、しどけない姿で熟睡している。

ラルフは、義姉のチェリーピンク色をした艶やかな唇を躊躇いなく塞いだ。

夜がくるたびに、衝動が抑えられず繰り返してしまう行為。目覚めない義姉。

ラルフの行為をとめる者は存在しない。触れるたびに、さらに大胆に身体を求めてしまっていた。

甘い唇を奪うように、深く淫《みだ》らに重ねる。義姉のふわふわとした唇の感触が伝わってくるだけで、ラルフの欲望が頭を擡《もた》げ始めていた。

もっと、強く触れ合いたい。もっと、奥まで挿《はい》り込みたい。

湧き上がる歓喜と情欲に、クラクラと眩暈《めまい》がしてくる。

「……ん……っ」

熱く濡れた舌を伸ばして、シャーリーの柔らかな口腔《こうこう》を探る。舌同士が触れ合うと、いやらしくヌルついてゾクゾクと肌が震えた。

この愛らしく無防備な唇は、自分だけのもの。誰にも譲らない。そう思うと、呼吸を忘れるほど、シャーリーに舌を絡みつかせてしまう。

「ん……ぅ……、はぁ……」

舌を動かすたびに、チュクチュクと淫らな水音が響く。

張りつめる神経が焼き切れそうなほど、身体が滾《たぎ》っていた。ラルフの、パジャマを穿いた下肢の中心は、熱を帯びて固く滾っていた。口づけだけで勃《た》ってしまうほど、ラルフは餓《う》えていたのだ。もっと、もっと義姉の身体を貪《むさぼ》りたくて堪らなかった。

幾夜も繰り返した戯れにはもう迷いはなかった。ラルフは、シャーリーが身に纏《まと》っているナイトガウンを恭しく捲《まく》り上げた。

染みひとつない素肌が露わになる。溜息が出そうなほど、美しい身体だ。

このナイトガウンの他にも、シャーリーは夜着をたくさん持っている。胸の下辺りで、少し絞ったチュニック型のもの。デコルテが見えるぐらい肩の辺りが開いていて、そこがフリルになった愛らしくも幼げなもの。バスローブみたいな形で、紐で解くもの。数えきれないぐらいだ。

彼女はドレスや外出着を仕立てようとしない。宝石も欲しがらない。あまりに飾り気がないので、ラルフが仕立屋を邸に呼んで、無理やりドレスを作らせているぐらいだ。それなのに、夜着だけは街へ行って自分で買ってくる。

義姉が夜着をたくさん持っているのは、もしかして一緒に寝ている自分に見せるためではないか……などと、自惚《うぬぼ》れたくもなるというものだ。

ナイトガウンを乱されたシャーリーの肢体を、ラルフはじっと見つめる。

紐で解くものが脱がせやすい。だが、身体の形がくっきりと解るチュニック型のものも見ていて楽しい。今日は、肩口にフリルがたくさんついた、幼げなものを着ている。

絵本に出てくる妖精のようにかわいらしい姿だ。

「せっかくかわいくしているのに、脱がして、ごめんね？」

小さな声で詫びる。彼女の耳には届いていないことも、こんな行為が許されないことも、充分解っていた。口先だけでも謝ったのは、自分の行為を僅《わず》かながらにも正当化しようとしたからなのかもしれない。

乱した夜着は丁寧に脱がしてベッドサイドに置いておく。汚《よご》してしまっては後で言い訳するのが大変だからだ。

熟睡している間になにも身に着けていない姿にされたシャーリーは、肌寒さを感じたのか、ブルリと身体を震わせている。

「このままじゃ風邪をひいてしまうね。すぐに温めてあげるから」

まだ成長途中である義姉の華奢な身体にのしかかる。柔らかな胸の膨らみを、自分の身体に押しつける格好で覆いかぶさった。鳶色の波打つ髪を優しく撫でて、ふたたび唇を重ねると、蕩けるように甘い気分になってくる。

「……好き、だよ」

耳元に囁《ささや》きかけ、耳殻《じかく》を唇に咥《くわ》え込む。

「は……ぁ……、耳、こりこりしてる」

それだけでは物足りず、耳孔の奥へと舌を忍ばせると、シャーリーはビクリと身体を引き攣《つ》らせた。舌に当たる軟骨の感触が堪らない。

眠っているのに、シャーリーは感じている。そう思うと、いっそう強く深く奥を求めて、舌を這わせてしまう。義姉の耳を舐めていると思うだけで、高ぶってくるのだ。舌を操る肌や骨の感触が堪らない。ずっとこうしていたくなる。

淫らな真似をされていることも知らずに安穏と眠っている彼女を、むちゃくちゃに掻き抱いて、欲望の限り突き上げたくなるのを、無理やり堪えた。

姉弟として一緒に過ごしていたのに、どうして彼女にばかりこれほどまで欲情してしまうのか、ラルフにも理解できない。

ただ、愛らしい笑顔を見るたびに唇を塞ぎたくなり、優しく抱きしめられるたびに組み敷きたい衝動に駆られるのだ。どうしようもなく、激しく。

「……ん……」

首筋に唇を滑らせ、柔肌に鼻先を擦りつける。いつもの、甘く芳しい香りがした。同じ石鹸を使っても、シャーリーのように誘う香りにはならない。

彼女だけだ。彼女だけが、ラルフの理性をめちゃくちゃにしてしまう。

痕を残さないようにして、鎖骨や首筋を吸い上げるたびに、シャーリーが身動ぎする。

思うままに肌を吸い上げたら、どんな反応をするのか、試してみたくなった。だが、今はまだそのときではない。吸い上げるのなら、本人の気づかない場所にしなければ。背中やお尻の辺りならば、シャーリーは自分の身体についたキスマークに気づかない。この淫らな行為を続けるためには、細心の注意を払うべきだ。

最近のラルフのお気に入りの場所は、お尻と太腿の際の辺りだ。吸い上げるときの柔らかな感触は、なんどやってもゾクゾクするし、いくつ痕をつけても、シャーリーはまったく気づかない。

「そんな風に鈍いから、やめてあげられなくなったのに。解ってるの？」

無防備な義姉を前に、欲望はとどまることを知らない。

そして今日はいつもよりも、もっと深くまで義姉の身体を弄《もてあそ》ぶつもりでいる。

ラルフが身体を起こすと、毛布のなかに冷たい空気が入り込んで、義姉の身体が震えた。

「……ぁ……ん、……」

柔らかな胸の先端で、薄赤い突起が固く凝っていた。それが舌の上で甘く蕩ける淫らな果実であることを、ラルフは誰よりも知っている。

甘美な感触を思い出し、コクリと息を飲む。そして、シャーリーの柔胸を摑んで、優しく揉みしだく。

初めて触れたときは、僅かばかりしかなかったシャーリーの胸も、ラルフが揉みほぐして、愛らしく震える突起を舌で擽るたびに、次第に膨らんでいった。

シャーリーは日々刻々と女性らしいまろみを帯びた身体になっていることを、恥ずかしがっている様子だ。コルセットを腰だけではなく胸まで強く締めながら、小さく溜息を吐《つ》いていることに、ラルフは知らないふりをしている。その悩みの原因が、毎夜密かに繰り返されている淫らな愛撫のせいだとは、考えてもいないだろう。

「まあ僕は、小さくても大きくても、シャーリーの身体ならなんでもいいんだけど」

深い愛の前では体型など些末《さまつ》な問題。しかし、自分が育てたのだと思うと誇らしく、いっそう独占欲を抱いてしまうものだ。

通っている学園で、恥ずかしがりのシャーリーが、男子生徒の視線を避けるように楚々と歩いているにもかかわらず、彼女の身体に視線を向ける奴らは後を絶たない。そんな奴らには、ラルフが陰でこっそり仕置きをしている。

「それすら気づいてないなんて、鈍《にぶ》過《す》ぎ」

ここまで危機感のない、小動物のような鈍さだと知っていれば、寄宿学校《パブリックスクール》になど通わせなかっただろう。しかし、後悔しても仕方がない。

シャーリーは真面目に授業を受けていて、少しでも立派な成績を収めようと努力している。頑張っている彼女に対して、学園をやめろというのも酷な話だ。

ラルフがなにか理由をつけて頼めば、シャーリーは言いなりになって退学するだろう。それが解っているからこそ、願いは告げない。

「それに、邪魔な奴は消せばいいだけだ」

不遜な笑みを浮かべたラルフは、シャーリーの双つの胸の膨らみを撫でさする。固くなった乳首を吸い上げては転がして存分に楽しんでいく。

成長して女性らしく胸が膨らみ始めたことにすら、シャーリーは恥じらっている。そんな彼女が、寝ている間に胸を揉みしだかれ、固く尖った乳首をいやらしく舌で捏《こ》ね回されていることを知ったら、どれほど驚くことだろうか。ラルフは、そのことを想像するだけで、いっそう愉《たの》しくなってくる。

「しかも弟だと思っている男に……ねえ？」

シャーリーは自分がブライトウェル家の養女であることを知らない。ラルフは、そんな状況も立場も知らない彼女が、父に襲われそうになっていたのを、陰ながらずっと守ってきたのだ。肌に少し触れるぐらいは、許されてもいいはずだ。

ラルフはいつも自分にそう言い聞かせている。

「今なら、親父の気持ちも解る気がするけど」

シャーリーは無意識に男の劣情を煽っている節《ふし》がある。楚々とした立ち姿は地に伏せさせて穢したくなるし、真剣に考え込む姿は愛らしくて唇を奪いたくなってしまう。花のように恥じらい、赤くなる顔を見ているといっそう辱めたい衝動を抱かせるのだ。

「僕がいなかったら、とっくに男に抱かれているって、解ってる？」

ふたりの通う寄宿学校《パブリックスクール》であるローレル・カレッジは、十三歳から十八歳の生徒が六百人も通っている。しかしそのうち、女生徒は十人ほど。

獣の群れに子羊を放牧しているも同然だ。

そこにいる女生徒たちが無理強いされることがないのは、伝統ある学園で問題を起こせば、社交界で噂となり、そのまま家名への傷となることを生徒たちが自覚しているからだ。

そのなかで、ラルフは自分の持てる限りの支配力で、彼女を守っている。

「まあ、一番危ないのは僕の傍なんだけど」

自嘲気味に呟くと、ラルフは毛布のなかに潜って、シャーリーの足を開かせる。

冬が深まり、肌寒くなった。毛布を被っていないと、素肌を晒しているシャーリーが風邪を引いてしまう。

「僕って、いい弟」

シャーリーの下肢を指で探ると、想像していた通り、ぐっしょりと濡れてしまっている。

視界の利かない毛布のなかで、ラルフは勘を頼りに、シャーリーの秘裂《ひれつ》を探っていく。

「宝探しみたいだね……。って、聞いても返事があるわけないか」

毛布のなかは彼女の放った蜜の匂いで噎《む》せ返るようだ。

これから、もっと感じる場所を弄って、いっそうリネンを濡らすのだ。そう思うと、征服欲に駆られ、獲物を狙う肉食獣のように舌舐《したな》めずりしてしまう。

「……ここだね」

赤く濡れた舌を伸ばし、迷うことなく淫らな肉粒《にくつぶ》を探りあてる。そのまま舌でクリクリと擽ってやると、シャーリーの身体が跳ねた。

「んっ……、んぅっ」

女ならば、誰だって感じる場所だ。男を知らぬ身体でも、弄られると無意識にでも滾ってしまうらしい。ラルフの舌に煽られ、シャーリーの肉芽《にくめ》が固く膨張していく。すると、濃密な雌の香りが強くなった。シャーリーが蜜を溢れさせているのだ。

「こんなに濡れやすい処女なんて、きっと他にいないよ」

青い果実が赤く熟れていくように、シャーリーの身体は淫らなものに変貌していった。

今ではもう、ラルフの口づけだけでも濡れてしまう。乳首や臍《へそ》も感じやすいらしく、愛撫してやれば、すぐに身体が熱くなる。

そして、一番反応するのは、やはり花芯《かしん》だろうか。ヒクヒクと震えながら固く勃ちあがる姿は、間近で見るだけでいつも興奮を隠せない。ラルフが濡れた舌で擽ったり熱い口腔で扱《しご》きあげたりするたびに、いやらしい蜜を膣孔《ちっこう》から滲ませるのだ。

「ふふ。やっぱり今夜もいやらしいね。……大好きだよ」

ラルフはクスクスと笑いながら、シャーリーの濡れそぼった蜜孔に舌を這わせる。

義姉のヌルついた蜜の匂いを嗅ぐと、堪らなくなって身震いしてしまう。舌先に伝わる熱く震える襞の感触に、ラルフの理性は今にもはち切れそうになってしまっていた。

「ああ、……舌や指じゃなくて、やっぱり挿《い》れたくて堪らないな」

ジュプジュプと舌を伸ばして奥へと潜り込ませると、鼻先が淫らな突起に擦れて、まるで餌を貪る家畜にでもなった気がしてくる。相手がシャーリーならば、それも構わない。ぜんぶ啜り上げるから、いくらでも蜜を溢れさせて欲しかった。

ラルフはいやらしい蜜を残さず舐め啜りたくて、シャーリーの足を大きく開かせる。そして、無防備に開いた媚肉《びにく》の間へと、丹念に舌を這わしていく。

「あ……、あふ……っ、んん……」

シャーリーが身悶える。心地よくて堪らないのだろう。彼女の内腿がビクビクと引き攣る感触が指先に伝わってきた。

「……ここ、舐められると、そんなに気持ちいい？」

ぬるついた卑猥な蜜が、膣孔と窄まりの間にある会陰《えいん》部を伝い落ちていく。指の腹で擽るように蜜を掬い上げると、微かに触れた後孔の感触に、さらに昂ぶってしまう。

「抱きたい……」

膣への挿入は、処女膜が破れてしまうからできない。こんな淫らな真似をしていることを義姉に気づかれたら、二度と一緒に眠ってはくれなくなるだろう。

笑顔も向けられなくなるかもしれない。それどころか口を利いてもらえなくなるに違いなかった。

ラルフは、湧き上がる欲望の限り、シャーリーの身体を貪って餓えを満たしたかった。しかし、それ以上にこうして触れていたい。毎日傍にいたい。たとえ抱くことができなくても、生涯傍にいられるのなら、このままで構わないとも思った。

だが、魅惑的な身体を前にすると、やはり理性が崩れそうになってしまう。

「……後ろなら……、慣らせば……」

不穏な考えまで抱いてしまう。

だめだ。ラルフは脳裏に浮かんだ考えを、ブルブルと頭を振って払拭する。過大評価ではなく、ラルフの性器は常軌を逸している。いくら慣らして、そっと挿《い》れたとしても、シャーリーが目覚めたら痛みや違和感は残っているだろう。

しかし、それならばいっそ、膣肉《ちつにく》を押し開いた後で、病気なのだと誤魔化《ごまか》せば……。

いくら鈍いシャーリーでも気づくに決まっている。

「はぁ……」

シャーリーを大切にする。無理強いはしない。気づかれないようにする。

それはラルフが自分で決めた誓いだ。だが、身体が高揚すればするほど、誓いを破ってしまいそうになる。

「……シャーリー……」

いつもならこれから、淫らに濡れそぼった媚肉の間に滾る肉棒を挟み込み、吐精《とせい》するまで擦りつけている。だが、今日は別のことをしてみるつもりでいた。

「こんなこと、僕が毎晩してるって知ったら、きっと怒るよね」

怒るどころか軽蔑されるだろう。解っているけどやめられない。愚かな行為をやめられる日が来るとしたら、強引に義姉の身体を押し開き、自分自身のものにした後に違いない。

それほどまでに、ラルフは義姉の身体に触れていたかった。

「僕のこと好きって言ってくれたら、なんでもするのにな……」

ラルフはパジャマのズボンの紐を解いて寛がせると、熱く膨れ上がった肉茎《にくけい》を引き摺り出した。鈴口《すずぐち》の先端は、卑猥にヒクついていて、まるで意思を持って生きているかのように脈動している。

「シャーリー。あーんして」

彼女の唇を擽ってやると、いやいやをするように仰け反りつつも、薄く隙間が開く。

「噛《か》んだらいやだよ？　はい、チューして」

亀頭の先を唇に押しつける。ただそれだけで、淫らな光景を前に、達しそうだった。

「……はぁ……。そんなあどけない顔して……なにをされてるかも知らないで……」

そのまま、唇を肉棒で押し開き、熱く蠢く口腔のなかへと穿《うが》っていく。

「んぅ……」

亀頭の根元をぬるついた舌先が触れる。ゾクゾクとした震えが走った。

シャーリーの愛らしい唇が大きく開かれ、赤黒く隆起した肉棒が押し込まれている光景に、嗜虐心や征服欲、渇望や劣情、ありとあらゆる感情が渦巻き、堪えられないほどの快感を覚える。

「もっと……」

熱く濡れた舌で、肉棒の隅々まで舐め上げて欲しかった。

力なく開いたままの口腔を狭めて唇を窄ませ、熱くぬるついた肉洞《にくどう》で扱いて欲しかった。

だが、こうして義姉の口腔に性器を押し込めていられるのは、彼女が深い眠りについていているからだ。

願いは叶わない。解っている。しかし、人間の欲望には限りがない。ひとつ願いが叶うと次の欲求に苛まれてしまう。

「シャーリー……」

ラルフは緩々《ゆるゆる》と腰を揺すり、膨れ上がった雄をシャーリーの口腔に穿ち始めた。

「……く……、ンぅ……」

シャーリーは苦しげに眉根を寄せた。唇を塞がれているため、息が苦しいのかもしれない。しかしそんな表情を見ても、肉棒を引き抜く気にはなれない。それどころか、もっと強く腰を揺さぶりたくなってしまう。

「……シャーリー……、ん、……んぅ……」

喉奥まで詰めないようにしながら、ヌチュヌチュと腰を揺らしていく。

舌の上に溢れる先走りに反応したのか、口腔には彼女の唾液が溢れていた。それが、腰を揺するたびに、卑猥に溢れ出してくる。

「はぁ……」

まるで、ずっと欲していた義姉の肉洞を犯しているような気分になっていた。

「……もっと……」

衝動的に亀頭の先端を奥にまで詰めてしまう。すると、シャーリーは苦しげに噎せ込んだ。もっとゆっくり穿たなければ。そう自戒して、速度を緩めて腰を振っていく。

ニュチュヌチュ、ジュクジュプッと淫らな水音が部屋に響く。

その音を聞いているだけで、背筋や首筋に痺れが走って、総毛立った。

熱く膨れ上がった肉棒で、シャーリーの身体を押し開きたい。

口腔ではなくて、もっと深くまで貫ける場所を抉《えぐ》りたい。そして、声が嗄《か》れるまで喘《あえ》がせて、孕ませてしまいたかった。いっそすべての秘密を明かして、泣かせてしまいたい衝動に駆られる。

他の男が数多く在籍している寄宿学校《パブリックスクール》など辞めさせて、この部屋に閉じ込め、朝となく昼となく夜となく時間の限り、彼女の身体を貪っていたかった。

頭のなかで、幾度となくシャーリーを監禁してきた。だが、実行することはできない。

大切なシャーリーを、悲しませたくないからだ。

「……あ、はぁ……、はぁ……」

昂ぶった情欲を満たすように、ラルフは腰を振りたくる。そうして、深い眠りに落ちたままの、シャーリーの口腔を犯し続けた。

「く……っ、う……ぁ……ッ、んんぅ！」

淫欲に満ちた肉茎で、濡れそぼった肉洞をなんどもなんども抽送したラルフは、ついに彼女の口のなかに、熱く滾った白濁《はくだく》を放った。

第二章　鬱屈した欲望

「ラルフ……、起きてっ。遅刻してしまうわ」

まるで小鳥の囀《さえず》りのように、愛らしい声だ。こんな風に起こされても、もっと聞いていたいと願うだけで、眠気など覚めない。

「……ん……」

ラルフはリネンに顔を埋めて、毛布を頭から被る。そしてふたたび深い眠りを貪ろうとした。

「寝ちゃだめよ。本当に遅刻するってば」

シャーリーの声はかなり焦っている。どうやら、かなり時間が差し迫っているらしい。

「キスしてくれたら、起きてもいいよ」

強請《ねだ》るようにラルフが呟くと、シャーリーは仕方なさそうに、チュッと頬に口づけてくれる。ふんわりとした感触に、顔がにやける。

同時に、違うと言いたくなる。頬ではなく唇にして欲しかったからだ。もの足りなさを感じたラルフは、義姉の身体に腕を回して、その柔らかな胸に顔を埋めた。

「……やっぱり起きたくない」

昨夜もラルフが舌で舐めしゃぶった、感じやすくていやらしい胸。それなのに太陽が高くなっただけで、ひどく清廉なもののように思える。

「こら、ラルフ。だめよ」

それは、意識のある義姉がキビキビと動いているからなのだろう。この生真面目な義姉が情欲に瞳を潤ませて、身体を熱く滾らせたら、どんなに淫らな痴態になるだろう。

そう考えるだけで、ラルフは口元が綻ぶのをとめられなくなる。

「笑ってないで、早く顔を洗うのっ」

それにしても、今日もシャーリーは元気だ。

毎晩、ラルフが睡眠薬を飲ませているせいで、寝起きが良かったはずのシャーリーは、目覚めが悪くなってしまっていた。ラルフも深夜の淫行のせいで、身体は疲れ果てている。

しかも行為の後でリネンを交換し、シャーリーをバスルームに運び、身体を洗って夜着を着せるという後始末の手間を惜しまない。

そのため、ふたりして早い時間に起きられず、毎朝遅刻しそうになるのだ。通っているのが、ローレル・カレッジでなかったら、とっくに退学させられていたことだろう。

「解ったよ、起きるよ」

拗ねた表情を浮かべて身体を起こし、顔を洗った。わざと寝ぼけたふりをして、もう一度シャーリーにおはようのキスをしてもらうのも忘れない。そしてシャーリーの用意した燕尾服《テイルコート》に着替える。これはふたりが通っているローレル・カレッジの制服だ。身に着け方には厳密な決まりがあるが、成績が優秀で、教師からの信頼が厚いほど優遇される。ウエストコート、トラウザーズ、ボウタイなどが変わってくるのだ。

もちろん、学生向けの勉学など入学前に完全に習得しているラルフは、優秀者としてすべてを自由にする権利を得ている。そのなかでラルフのお気に入りは、シャーリーのドレスと共布で作らせたウエストコートだ。これを着ていると、傍目には恋人同士にしか見えない。入学して一年近く経った最近になってやっと、シャーリーはそのことに気づいたらしい。

あまりの鈍さに笑ってしまう。

そうして、いつものようにシャーリーに着替えを手伝ってもらい、準備を終えると、馬車で学園に向かった。

　ふたりが通っているローレル・カレッジは寄宿学校《パブリックスクール》なので、入学の際には原則、寄宿舎に入ることが義務付けられている。だが、昨年から受け入れを始めた女生徒は、全校生徒六百人のなかでまだ十人ほどしかおらず、受け入れの態勢も整っていない。女生徒たちは自分の邸や下宿先から通うことになっていた。そこで、ラルフはシャーリーと一緒に過ごすために、強引に許可を取って邸から通うことにしたのだ。ひいきだと反論する者は、ひとりずつ潰していった。だから、もうラルフに歯向かえるものはいない。教師すら、顔色を窺ってくる。

　学園は街の郊外にあった。休日に外出許可を取った学生が、必要品を買いに行くことを想定して建てられているのだ。田園を抜けて、ブナの木立が続く並木道をしばらく走ると、見上げるほど大きな黒い門が見えてきた。門の中央には鷲《わし》のエンブレムが刻印されたプレートがあり、空に向いた先端は槍のように尖っている。周囲を囲む高い塀は、規則を破って夜中に寮を抜け出す学生を阻むために、建設後に増強されたものだ。その塀には蔦が絡んでいて、今の季節は赤く色づいている。

　常時立っている門番に許可証を見せなければ、生徒でもなかには入れない決まりだ。

　牢獄のような門を抜けると、学園創設の記念に建てられた高い記念碑《オベリスク》があり、正面には楕円の形をした噴水がある。中央には学業の神と、審判の女神、そして鷲の彫像群が置かれていた。

今日は天気がいいため、その噴水が湛える水に校舎の峻厳《しゅんげん》なシルエットが鏡のように映しだされている。

三百年の長い歴史のある学園校舎は、貴族たちの子息が集まるにふさわしい威厳のある佇《たたず》まいだ。外壁は女神や天使が装飾彫刻されている。エントランスと大理石の階段の脇にそびえ立つ列柱は威圧感があり、見る者の息を飲ませる。高い天井の壮麗な玄関ホールにはシャンデリアが煌めき、まるで王宮にでも迷い込んだかのような優美さだ。

壁には歴代理事長の絵画が並べられている。そのなかで前理事長のものだけは、まだ作製中で並んではいない。

学園の校舎は内庭回廊でいくつもの棟が繋がれていて、初めて訪れる者が迷ってしまうほど広い。敷地内は校舎、寄宿舎、食堂、時計台、図書館、厩舎《きゅうしゃ》、庭園、中庭、テニスコート、ポロコートなどがあり、学生たちが窮屈に感じないように、広々と設計されている。

ふたりを乗せた馬車が学園の校舎に到着すると、玄関先に数人の女生徒が立っていた。

面倒だ。そう思いながらも、ラルフは表情には出さず、タラップを降りていく。

「おはようございます。ラルフ様」

「うん。おはよう」

挨拶を交わしていると、シャーリーはいつも先に教室へと向かってしまう。邪魔をしてはいけないと思っているらしい。

純粋な義姉は気づいていないようだが、彼女たちは本気でラルフに入れ込んでいるわけではない。家名に惹かれてやってきているだけだ。

ブライトウェルは公爵家だ。領地も広く、資産家でもある。そのうえ、両親はいないし、ラルフには姉しかいないため、財産分与の必要もない。彼女たちにとって理想的な結婚相手だと思われているらしかった。

女性が勉学に励むことを好まないリジェイラ王国で、唯一門戸《もんこ》を開いたローレル・カレッジに入学できるほど、彼女たちは才女だ。そのうえ、実に貴族らしい考え方を持っている。将来は必ず、高い地位を持った相手と結婚することだろう。しかしその相手は、ラルフではない。

「すまない。ラルフ。ちょっと手伝ってくれないか」

タイミング良く声をかけてきたのは、担任教師であるアンダーソンだ。彼には、この時間になったら、必ずラルフを呼ぶように言いつけてあった。

「ええ!?　今日もですか」

女生徒たちから、不満そうな声が上がる。

「ごめんね？　ほら、アンダーソン先生って苦労性だから、色々大変なんだよ」

言い訳をしながらラルフが教員室に向かう。すると、部屋にいた教師たちは、一斉に立ち上がり頭を下げた。

教員室は貴族のサロンのようなつくりになっており、肘掛け椅子や長椅子、テーブルなどが並んでいた。ここから科目ごとに分けられた部屋に続いている。今は、授業が始まる前なので、朝の定例会議を行っている最中だ。

「おはようございます。理事長」

「ああ。おはよう」

適当に挨拶しながら、奥にある理事長室の扉へと向かっていく。

このローレル・カレッジはブライトウェル公爵家の領地にある。良家の子息を多数預かっているため、運営の責任は重い。よって、代々理事長はブライトウェル家の当主が務めることになっていた。玄関ホールにはまだ、前理事長だった父の肖像画はかけていない。教師たちには、急な引き継ぎで発注を忘れていたと言い訳をして、そのまま忘れたふりをし続けている。おかげで鈍感な義姉は、理事長がラルフであることを今も知らないままだ。

だいたい、公爵家の領地にローレル・カレッジが存在するからといって、貴族や富豪子息ばかりの通う全寮制の学園で、邸から通学することを特例で許可される、なんてことがあるわけがない。理事長としてラルフが権限を行使し、強引に手を回したのだ。それに、シャーリーと共に学べるように、女生徒の受け入れを始めたのもラルフだ。

それは、三百年の伝統があるこの学園で、初めてのことだった。すべては、シャーリーが勉学に励みたいと願ったから、彼女のためにしたことだった。

そもそも、この学園の成り立ちなどを考えれば、ラルフが現理事長であることは、容易に解ることだ。だからこそ、取り入ろうとして来る生徒は後を絶たない。

なにも知らないシャーリーにも、この事実ぐらいは告げてもいいと思っている。だが、生真面目な彼女のことだから、ひいきは許されないと口を出してくるのは目に見えていた。面倒なので、ラルフは最低でも卒業するまで秘密にするつもりでいる。

「今日は、ルゼドスキー子爵家の子息が編入してくる日か。……なにも問題がなければいいけど」

シャーリーには黙っていたが、転校生であるロニー・ルゼドスキーは、友人たちと酒を飲み、邸のメイドを輪姦したという経歴がある。本人は、その暴行に加わってはいなかったそうだが、自分の邸の使用人だというのに、見て見ぬふりをして助けなかったのだから同罪だろう。

彼の父はとても厳格な男で、罰として、息子のロニーから彼のもっとも愛する音楽を取り上げ、男ばかりの全寮制であったローレル・カレッジに編入を決めたようだ。

きっとこの学園が、去年から女生徒を受け入れていることを知らなかったのだろう。

本来なら、そのような問題を起こした面倒な生徒の受け入れはしていない。ロニーの父が、ラルフの母方の伯父の無二の親友ということで、頼まれてしまったのだ。

両親が亡くなった折に、手を尽くしてくれた伯父への恩返しに、ラルフは仕方なくロニーの転入を了承することにした。

どちらにしろ、他の男子生徒同様シャーリーには近づけさせるつもりはない。どんな経歴があろうと同じことだ。

邪魔者は消すだけ。いつものこと。そう考えながら、理事長室の扉を開く。

部屋に入ったラルフは、窓際に置かれたサテン・ウッドの執務机に向かう。そして、授業前に済ませておくべき仕事の書類にサインを入れていった。

＊＊　＊＊　＊＊

始業間際になって、ようやくラルフは教室に行くことができた。この教室は、教壇から離れるほど、席の位置が階段状に高くなっていく仕組みだ。座る席は決まっていないが、シャーリーはいつもラルフのために隣を開けてくれている。部屋を見渡すと、いつもの席に座る義姉が、彼女の前にいるクラスメイトのひとりに口説かれている姿を見つけた。

油断も隙もない。まるで甘い蜜にたかってくる虫みたいな奴らだ。

「ふん。思った通り、処女か。いいな。……お前なら、自分から誘えるようになるまで、たっぷり仕込んでやるのも悪くない」

ラルフが義姉に近づいて行くと、呆れるほど品のない言葉が聞こえてくる。

残念だが、シャーリーの清らかな身体は、すでに他の男が毎晩調教中だ。そう言ってやりたい衝動をラルフはグッと鎮めた。義姉の美しい手に馴れ馴れしく触れているクラスメイトの邪魔をするため、ラルフは嫌味なぐらい愉しげな声で尋ねる。

「楽しそうだね。なんの話をしているの？　よかったら僕にも聞かせてよ」

椅子を引いて、当然のようにシャーリーの隣に座る。彼女の隣は毎日ラルフが座っている。もしも他の者が座っても、彼女は席を立ってしまうため、皆は諦めてしまったらしい。

だから、シャーリーの隣はいつもラルフが来るまで空席だ。

ラルフがやって来たことに気づいたシャーリーは、気恥ずかしそうにその男、クレイブ・ハザウェイの手を振り払った。邪魔するなと言いたげに、クレイブは忌々しそうな表情でこちらを睨《にら》みつけてくる。

ラルフを逆恨みするのはお門違《かどちが》いだ。そう言いたくなるのをグッと堪え、ラルフは肩をすくめた。

「ごめんね。もしかして邪魔だった？」

これも嫌味のつもりだった。笑い出しそうになるのを我慢して、あからさまに申し訳なさそうな表情をつくる。

「別に、そんなんじゃ……」

シャーリーは少し青ざめた唇を震わせ、困った様子で俯いてしまう。今日の義姉も、どうにかしてやりたいぐらい愛らしかった。振られた格好となったクレイブはますます苛立っていく。それが手に取るように伝わってきて胸がすいた。

義姉は今日も、男を泣かせていることに気づいていない。呆れたくもなるが、ライバルを無意識で殲滅《せんめつ》してくれるのだから、結構なことだ。

しかし世の中には、どれだけ素気なくされても、まったく諦めようとしない面倒な男もいる。

ラルフは、チラリと前の席に座るクレイブを窺う。

クレイブは燃えるような赤髪に、鍛えられた体躯を持った長身の男だ。現国王の甥であり、王位継承権第三位の立場にあった。家柄もよく、武闘派でありながら頭も切れる。王族なら大人しく家庭教師から学べばいいものを、見識を広めるために、自ら志願してローレル・カレッジにやってきたのだという。

確かに、貴族や富豪の子息が多く通うこの学園は、小さな社交界と言っても過言ではない。

人脈を広げておけば、将来必ず役に立つし、親の権威が届きにくい寮生の間ならば、人の弱みも握りやすいというものだ。

クレイブは豪快に見えて、抜け目のない男だ。これ以上、義姉に近づかせないように、この学園でもっともラルフが注意している相手といっていい。

この男と義姉の最初の接触を阻止できなかったことが今でも悔やまれる。だが、子羊であるシャーリー自らが、弱っていた狼のクレイブに、危機感もなく近づいてしまったのだから、なすすべがなかったのだ。

——あれは、ローレル・カレッジの入学式の日のことだ。

赤レンガ造りの歴史ある講堂に向かう生徒の人波のなか、他の生徒たちよりも頭ひとつ分背が高くて、燃えるような赤髪をした一際目立つ男がラルフたちの前を歩いていた。それがクレイブだった。新調したばかりの燕尾服《テイルコート》だというのにかなり窮屈そうだ。仕立てた後、急激に身体が成長したのだということが傍目にも解る。

クレイブが講堂のなかに入ろうとしたとき、事件は起こった。腕を曲げた拍子に彼の上着の肩の縫い合わせが破れて、パックリと開いてしまったのだ。

「なっ!?」

新調したばかりの衣装が破れるなんて、予測していなかったのだろう。クレイブは焦った様子だった。人よりも恰幅のよい体躯ではすぐに用意できる着替えもない。そして、新しいものを運ばせるにしても、時間がない状況だ。

入学して初顔合わせする者ばかりだ。王族である彼に気後れして、周りの生徒は声をかけるのを躊躇っている様子だった。クレイブは気まずそうな表情で真っ赤になってしまっていた。そこに、ただひとりだけ、シャーリーが声をかけたのだ。

「裁縫セットを持っているから、応急処置でいいなら直せるわ。その上着を脱いでもらってもいい?」

クレイブは惚けたように、シャーリーを見つめていた。上着を脱げと言われているのに、他の者が一切目に入らない様子で、立ち尽くしていたぐらいだ。

「あの……」

相手の反応がないため、シャーリーは困惑していた。そんな彼女を覗き込みながら、クレイブは手を取ろうとする。

「おい。お前。名前はなんというんだ。私と付き合……」

いきなり義姉に告白しようとするクレイブを遮り、ラルフは笑顔で邪魔をする。

「姉さんは上着を縫うって言ってる。時間もないし、早くしたら？」

「あ、ああ」

クレイブは戸惑いながらも、上着を渡した。それを受け取ったシャーリーは、花壇の縁に腰かけ、慣れた手つきで破れた肩口を縫い合わせていく。その姿に、クレイブは熱っぽい眼差しを向け続けていた。

他の男を近づけたくなどなかった。でも仕方がなかったのだ。

シャーリーはお人好しで優しい。このとき、声をかけさせずに、シャーリーを無理やり講堂のなかへと連れて行っていたら、ラルフが軽蔑されてしまっていただろう。

そんなことがあったので、入学したその日にクレイブがシャーリーに一目惚れしたことに、ラルフは気づいていた。

忌々しさに、思い出すだけで舌打ちしたくなる。拒絶されてもめげずに口説き続けるほど、クレイブが本気で恋をすると知っていたら、ラルフはあのとき、どんな嘘で騙しても邪魔をしたことだろう。どれほど後悔しても遅い。邪魔な芽を早く摘まなかったことが、そもそもの間違いだった。

＊＊　＊＊　＊＊

学生の本分たる勉強の時間が始まった。

ラルフは教壇に立っていてもおかしくないほど、幅広い知識を持っている。試験問題にすべて正解するだけでなく、教師の間違いを見つけられるほどだ。それでも毎日授業に出ているのは、シャーリーがいるからに他ならない。

いっそ授業中は、理事長室に籠って雑務をこなしたくもなる。だが、少しでも目を離せば、その隙に虫どもがシャーリーに群がるのは目に見えていた。

あと二年の辛抱だ。諦めて堪えるしかない。

授業が終わった後は、学園のことだけではなく、公爵としての政務もこなす必要がある。もちろん深夜には、眠っているシャーリーをかわいがるつもりだ。

せめて授業中は寝ていようと片肘をつくと、授業の担当教師がチラチラとこちらを窺ってくる。教師にしてみれば、自分の雇い主が目の前にいるのは落ち着かないのだろう。

『無駄なことは言うな』と、脅しの意味を込めて睨みつける。すると、教師は竦み上がって目を逸らした。これでラルフが一番後ろの席で眠っていても、注意されることはない。

……シャーリー以外には。

「こら。眠ってないで、勉強するの。どうしてそんなにサボってるのに、私よりテストの点が取れるのかしら。不思議だわ」

思った通り、シャーリーが声を潜めて叱りつけてくる。囀る声も吐息も愛らしい。

「睡眠学習ってやつだよ。今、先生の話を耳で聞いて丸暗記してるから、僕のことは気にしなくていいって」

おどけた声で答えると、キュッと頬を抓《つね》られる。

「ラルフったら勝手なことばかり言って……」

「い、痛いってば」

少し痛いが、シャーリーがやっていることなので、腹は立たない。むしろ頬が緩んでしまう。

「じゃあ、おはようのキスをしてくれたら、起きてあげる」

からかいの言葉に、シャーリーは真っ赤になって、顔を逸らしてしまった。

「もう！　ラルフなんて、知らない」

その赤くなった頬や桜色の唇にキスをして、愛していると告げたかった。だが、まだ言えない。

夜が待ち遠しかった。

今夜はまずはかわいい唇に口づけるつもりだ。その後は、どこから触れようか？

胸の突起も、愛らしく震える花芯も、感じやすい耳もいいが、指先も首筋も、腋《わき》も背中も、お尻だってかわいい。太腿の柔らかさは格別だし、足のラインも爪先も好きだ。

彼女の肌は蕩けるように甘い。ラルフには嫌いな部分なんて、ひとつもない。

触りたい場所ばかりで、考えるだけで悩んでしまう。

弟だと思っている男に卑猥な妄想をされているのも知らず、シャーリーの表情は真剣そのものだ。その清廉な顔を、今すぐ淫らに乱してしまいたかった。

「……」

シャーリーを横目に、ラルフはひとり淫らな計画を立てながらうたた寝をした。

そうして、惰眠を貪りながら時間が過ぎて、三時間目が終わろうとする頃。

シャーリーの様子がおかしいことに気づいた。彼女はお腹を押さえながら俯いて、真っ赤になってしまっている。化粧室にでも行きたいのだろうか？

「どうかした？」

耳打ちして尋ねる。だが、シャーリーは俯いたまま、小さく首を横に振った。

「なんでもない」

素っ気なく返事をされるが、どう見ても様子がおかしい。無理にでも救護室に連れて行こうかと考えたときだった。

隣からクゥ……と、かわいらしくお腹の鳴る音が聞こえた。思わず笑ってしまいそうになる。そういえば、ラルフが寝坊したせいで、義姉は食事を摂る時間がほとんどなかったはずだ。パンを少し齧っただけで、今まで我慢できたのが不思議なぐらいだ。

「ん……」

シャーリーは懸命にお腹の音を隠そうとしている様子だ。頬を赤く染めた表情がかわいくて、ラルフは彼女をいじめたくなってしまう。

わざとペンを床に取り落とし、拾うふりをしながら、シャーリーに近づく。すると、シャーリーは所在なげに目を泳がした。

指先でわざとペンを弾いて、それを追うふりで彼女のお腹に顔を近づける。

「ごめん。少しスカートをめくるけどいい？」

シャーリーは堪えきれずに、またお腹を鳴らしてしまっていた。かわい過ぎて、唇を奪いたくなってしまう。それと同時に、授業の終了を知らせる鐘が外から響いてくる。

「しっかり朝食を食べないから、お腹が空くんだよ」

からかうように告げると、シャーリーはますます俯いて唇を噛んだ。どうやらいじめ過ぎてしまったらしい。そろそろ優しくしないと、嫌われてしまうかもしれない。

ラルフはクラスメイトのひとりを捕まえて言った。

「ごめん。今すぐ教員室に行って、アンダーソン先生に、『次の自習時間は中庭にいる』って伝えてくれないかな」

「え？　自習？」

クラスメイトとシャーリーは、驚いた様子で声を上げた。

「次は物理学の時間よ？　自習になった連絡なんて、聞いてないけど」

「ああ。始業前に教員室の前で、アンダーソン先生に伝言を頼まれていたんだ。皆に伝えるのをすっかり忘れていた」

もちろん嘘だ。だが、こうして理事長であるラルフが伝言しておけば、次の授業は必ず自習になる。

他のクラスメイトにも自習であることを伝えると、ラルフはシャーリーの手を摑んで廊下に出た。もちろん昼食の入ったバスケットを持つのも忘れない。

なにも知らないシャーリーは不安そうにしている。

「勝手に教室を出ていいの？」

さすがは優等生の発言だ。ここにアンダーソンがいたら、シャーリーに対して『もっとラルフを注意してくれ』と、祈るような視線を向けてくるだろう。

「心配ないって。さっき僕が伝言を頼んでいたのを聞いただろ。大丈夫だよ」

ふたりで廊下を歩いていると、新入生らしき少年が声をかけてくる。確か、地方領主の三男だ。入学したその日に、ラルフに取り入ろうとしてきた覚えがあった。記憶を巡らせて、彼のプロフィールを明確に思い出す。

ラルフは貴族や富豪、そしてその子息たちの情報を仕入れると、決して忘れないように記憶していた。こうした人付き合いの方が、勉学よりもずっと興味深いものだ。

数学などは基本的に数式や答えが決まってしまっている。だが、人の心は移ろいやすく権力や利益によって秤《はかり》にかけられ、決定が覆されることもあるため、決して気が抜けない。

手駒は多い方がいい。盲目的に、尊敬する相手に従うような単純な者は、使い勝手もいい。目の前の新入生が、その最たる者だ。

「ブライトウェル先輩、こんにちは」

以前、なんでも申しつけて欲しいと頼んできた相手。望み通りにしてやるのが親切というものだった。

「ああ。こんにちは。前にも声をかけてくれた子だよね。……悪いけど、ちょっと頼みがあるんだ……いいかな。紅茶と、今から言う本を探して一緒に中庭へ持って来てくれないか」

笑顔で頼むと、新入生はブンブンと頭を振って了承した。

「友達と手分けをして、すぐにお持ちします！」

「うん、そうだね。あまり遅くなると、君たちの授業に間に合わなくなる。無理だったら放っておいてくれて構わないからね」

相手にものを頼むときは、高圧的に言ってはならない。そうしてもらえると助かると、相手の自主性を引き出すように告げるものだ。なぜなら、些細な行動でも積み重ねれば、いつか恩を返してもらえるだろうという打算と期待を相手に抱かせることができるからだ。

あくまで紳士的に、そして優雅に、憧れを抱かせるように振る舞わなければ。

新入生に細かな希望を告げると、ラルフはシャーリーの手を引いた。

「今日は天気がいいから、芝生《しばふ》に寝転がったらきっと最高だよ。早く行こう」

そうして向かった中庭には、シャーリーの好きそうな鮮やかな色の花が咲いていた。

葉が赤く色づいた木の根元に向かい、その周りに植えられた芝生に腰を下ろす。

「ちょっと早いけど、昼食にしよう」

ここまでついて来たものの、シャーリーは後ろめたそうに教室のある方向を振り返っていた。

「でも、もうすぐ授業の始まる時間なのに……」

教師たちがラルフを咎《とが》められるわけがない。ここにいるのは学園の理事長なのだから、なにも問題はないだろう。そう言いたくなるのを、グッと堪える。

「やっぱり私……」

シャーリーが授業に戻ろうとしたとき、先ほど用事を頼んだ新入生と、その友人たちがやってきた。

「お腹が空いたままじゃ、学習意欲なんて湧かないって。ああ。ちょうど、紅茶が来たみたい。せっかく後輩が淹れてくれたのに、無駄にするのは失礼だよ」

手にしているのは紅茶のポットとカップの載ったトレー、そしていくつかの小説だ。

「ありがとう。手間をかけさせて悪かったね。助かったよ」

ラルフが笑顔で彼らにお礼を言って下がらせると、シャーリーは責めるような眼差しを向けてくる。これは小言を言われる前兆だ。

「自分のことは自分でしないと。そのための寄宿学校《パブリックスクール》なのよ。無理言って寄宿舎に入寮していないうえに、下級生に命令するなんて、よくないわ」

シャーリーの言っているのは綺麗《きれい》ごとだ。思わず笑ってしまいそうになりながらも、拗ねた表情をつくってみせる。

「なんでもいいから、用事を言いつけてくれって頼んできたのはあっちなのに。シャーリーには解らないかもしれないけど、学生のときから自分より上の爵位を持つ者に取り入るのは当然なんだよ。そのために、この学園に来る奴だって少なくない」

普段なら、こういう真面目な話をシャーリーに聞かせることはない。彼女には、綺麗な世界だけを見ていて欲しかったからだ。だが、あと二年もの間、ずっと小言を聞くのは面倒なので、少しだけ説明することにした。

「僕だって、社交界で孤立するわけにはいかない。若いうちから発言権を強めるためにはできるだけ多くの手札もいる。なんでも頭ごなしに否定してないで、少しは先のことを見据えなよ」

「でも……」

これだけ言っても、シャーリーには理解できないらしい。なにか言い返そうとしてくるが、結局は口籠ってしまう。

「さっきの奴らが、嫌そうに見えた？　違うよね」

打算なんて言葉から誰よりも縁遠いシャーリーには、いつまでもそのままでいて欲しかった。だが、そんな彼女を見ていると、無性に傷つけたくなることもある。それがどうしてなのか、ラルフ自身にもまだ解らなかった。

「……まあ、鈍感で男心が欠片も理解できないシャーリーだから、ある意味平穏にこの学園で過ごせるんだろうけど」

シャーリーには、ずっと穢れない心のままでいて欲しかった。他の男のことなんて、欠片も考えず、ずっとラルフの傍にいればいいと、心から思う。

「どういう意味？」

不思議そうにしているシャーリーに、いっそ言ってやりたかった。学園中の男が欲望を抱いてる。危ないから近づかない方がいい。ラルフに取り入ろうとしている者たちのなかには、シャーリーに近づくために来ている者も少なくない。

しかしわざわざライバルの存在を教えてやる必要もないので、ラルフは笑って誤魔化した。

「食事にしようか。姉さんの腹の虫の音を聞いていたら、僕もお腹が空いちゃったよ」

そう言うと、シャーリーは気恥ずかしそうに真っ赤になった。わざと煽っているのではないかと疑いたくなるぐらい、初心でかわいらしい姿だ。

頭を擡《もた》げそうになる欲望を、ラルフは食欲を満たすことで解消しようと考える。

「ねえ。シャーリー。なにを食べる？」

差し出したバスケットのなかには、肉しか入っていない。昨晩、シャーリーがリクエストしたメニューを却下して、勝手に変えさせたからだ。

予想外の料理ばかりが入っていて、シャーリーは愕然とした様子だ。

「シャーリーのことだから、僕に野菜ばっかり食べさせようとするだろうと思って、ちゃんと、夜のうちにメニューを変更させておいたんだ」

詭弁《きべん》を口にして誤魔化す。本当は、肉を食べているシャーリーの口元を見ているのが好きだから、勝手なことをしただけだ。

「もうっ。ラルフがなにを言っても、変えないでって言っておいたのに……。偏った食事ばかりしていてはだめよ。病気になったらどうするの」

「病気になったら？　そんなのもちろん、シャーリーに看病してもらうよ」

ラルフが寝込むと、シャーリーはいつも以上に優しくなる。キスしてしまいそうなほど顔を近づけて熱を測り、食事もぜんぶ食べさせてくれる。

男の裸に恥ずかしがっているのに、目を瞑《つむ》りながらでもラルフの汗ばんだ身体を拭《ぬぐ》ってくれるし、眠っていないうちから抱きついても怒らない。ラルフにとって病気とは、天国にも等しい状況のことだ。しかし立派な義姉によって、栄養のバランスがとれた食事をとらされ、帰宅後は手洗いとうがいを徹底させられているせいか、健康的な身体は滅多に病気になってくれない。もしかしたら、疾《やま》しい心を見抜いた神様に、いじわるをされているのではないかと疑いたくなるほどだ。

ラルフは鴨《かも》のローストに齧《かじ》りつきながら、シャーリーを盗み見た。

「いつまで経っても、子供なんだから」

彼女は大口を開けて肉に齧りつくことはなく、取り皿とフォークを用意して、鶏のフライにバルサミコソースをかけて優雅に食事をし始めた。

肉を頬張るシャーリーを見たくてせっかく労したというのに。ラルフはがっかりしてしまう。だが、まだ食事は始まったばかりだ。

「……僕はもう充分大人だよ。知らないの？」

そう答えながら、大人になった自分の身体を隅々まで見せつけたら、どれほど楽しいだろうかと想像し、笑いそうになった。

「……お、……大人は、料理に好き嫌いなんて言わないものよ」

いやらしい空気を敏感に感じ取ったのか、シャーリーは震える声で反論してくる。

じゃあ今すぐ、肉を頬張って欲しい。ラルフはじっとシャーリーを見つめる。だが、次はバゲットとチーズに手を伸ばされてしまい、さらにがっかりした。

「食事の嗜好《しこう》なんて、物事に対するものに比べれば些末なことだよ。僕は、どんなことでもうまくやっていく。欲しいものは確実に手に入れるし、簡単に人に足を掬われたりもしない。これこそ、正しい大人の姿だと思うけどな」

ラルフは食事をするシャーリーをじっと見つめる。触れる機会を探すためだ。すると、視線に緊張したのか、鶏のフライを運んだときに、彼女はバルサミコソースで口の端を汚してしまう。もちろん、その好機を逃がすつもりはない。

「な、なに？」

訝しそうに首を傾げるシャーリーの口元に指を伸ばした。

「かわいいなあ。ソースがついてる。……まったくどっちが子供なんだか」

わざと舌を使って、ソースを拭った指を舐めると、シャーリーの顔は火を噴きそうなほど真っ赤になってしまう。そんな姿を見ていると、実の弟だと思い込んでいるラルフに恋愛感情を抱いているのではないかと、つい期待したくなる。他の生徒たちもシャーリーに気を持たされては撃沈している。彼女に他意はない。単なるこちらの願望なのだと思い直す。その繰り返しだ。

「……っ。言ってくれれば、自分で拭ったのに」

赤い唇を尖らせて、シャーリーが非難してくる。

その拗ねた表情にすら欲情しそうになった。弟という立場でなかったら、今すぐにでも襲いかかっていたかもしれない。ラルフは今すぐ、シャーリーの尖らせた唇を奪って、濡れた舌先で存分に口腔を探りたかった。

シャーリーとキスしたい。

「……？」

薄桃色の唇に誘われ、思わず彼女の顔を覗き込む。不思議そうに見上げてくる視線と目があった。

だめだ。今はこれ以上、近づけない。続きはシャーリーが寝てからだ。

ラルフは懸命に自制した。

「じゃあ、あと少し頬にソースがついているから、そっちは自分で拭って」

本当はなにもついていないのに、またいじわるしてしまう。単純なシャーリーは信じ込んでいる様子だ。ナプキンを手渡すと、シャーリーは慌てて、口の端を拭う。

そんな騙されやすいところも、かわいくて抱きしめたくなってくる。

「違うって。もう少し右だよ」

滑らかな頬だ。ラルフが本当に食べたいのは、料理ではなく、シャーリーの柔肌だった。

目の前にするだけで、息が乱れそうになってくる。

「……もう少し右だって。ほら、ナプキン貸してみて」

白いナプキンを取り上げると、義姉は無防備に右頬を差し出してくる。

「……」

限界だった。ここが学園であろうが、人目のある中庭であろうが、ラルフはどうでもよくなってしまう。

「……チュッ」

シャーリーの頬に口づけると、彼女はみるみるうちに真っ赤になった。

「なにするの……っ」

衝動的に突き飛ばされる。だが、唇にしなかっただけ感謝して欲しいぐらいだ。

「ごちそうさま。ソースがついていたのが勘違いみたいだったから、間違ったお詫びにキスしたんだ。ごめんね、シャーリー」

言い訳しながらも、顔が笑ってしまう。こんなかわいらしい子なんて、世界中探しても他にはいない。バカ男クレイブではないが、今すぐ結婚してくれと声を上げて言いたいぐらいだ。

「もうっ。バカなことばかりして、人をからかうんだから」

シャーリーが悔しそうにポカポカと胸を叩いてくる。

「あはは、痛いってば」

ふたりでそうしてじゃれ合っていると、痛いぐらいの視線をいくつも感じる。

そういえば、もう授業が始まっている時間だ。窓際にいる生徒たちが、こちらを見つめている。

もっと、シャーリーと仲睦まじく、寄り添う姿を見せつけなければ。そして、お前たちの入り込む隙などないと、諦めさせなければ。

そのためにラルフは、わざわざこの目立つ中庭を、食事する場所に選んだのだから。

ラルフは薄く笑って、シャーリーに甘えるそぶりで擦り寄った。

そうして、自分たちの仲の良さを存分に見せつけた後、食事を再開するが、彼女はなかなか肉に齧りつこうとしない。淑女《しゅくじょ》なのだから、ナイフで小さく切って食べるのが当然だと思っている様子だ。仕方なくラルフは奥の手を使うことにした。

「これ、おいしいから食べて」

そう言って自分が食べていた骨つき肉を、無理やり彼女の口に押し込む。

「……ん、んぅ……っ」

思った通り大きく開いた唇が卑猥だった。そのうえ、苦しいのか涙目になっている。

潤んだ瞳が堪らない。

そんな姿を見つめているだけで、また高ぶってしまいそうになった。

「ラルフッ、食べ物で遊ばないのっ」

遊んでなどいない。むしろ本気だ。本気で餓えている。夜が待ち遠しかった。

「シャーリーにおいしい料理を分けてあげただけだよ」

無邪気な笑顔を向けながらも、ラルフは、いっそ目の前の紅茶に睡眠薬を入れてしまおうか……という考えを抱いてしまう。このまま眠らせて、理事長室か救護室にシャーリーを連れ込んでしまいたかった。だが、ここは中庭だ。いくら鈍いシャーリーが気づかなかったとしても、全校生徒に見張られているのでは、残念ながら手が出せない。

「食べたいものは自分で取るから、放っておいて」

拗ねながらも、シャーリーはラルフの食べ残した肉に、いやらしく噛みついていく。

「……っ！」

ラルフはコクリと息を飲む。見ていられなかった。だが、目が離せない。

肉汁が唇を濡らすと、シャーリーは舌で舐め取った。それだけのことが、ひどく魅惑的に見えてくる。

ラルフの肉茎にも、同じように愛らしい舌を這わせてくれと、喉元まで出かかってしまう。心臓がドクドクと鼓動を速める。シャーリーはなにも気づかないまま、必死に料理を食べていた。そうして、苦行とも恍惚《こうこつ》ともとれない時間が過ぎていった。

「もう、お腹いっぱい」

大きく伸びをするふりで深呼吸する。

青空の下だというのに、ここは空気が薄い気がしてならない。それとも念願叶って病気になったのだろうか。だが、『義姉が好き過ぎて、欲情する』病気では、看病を望めそうになかった。

シャーリーがバスケットを片づけた隙を狙って、ラルフはすかさず彼女の膝に勝手に頭をのせた。柔らかい太腿の感触が気持ちいい。

「……な、なにしてるの……」

目を瞑っていてもシャーリーが真っ赤になっていることは想像できた。

傍目には仲睦まじい恋人同士にしか見えないだろう。弟と解っていても嫉妬する男子生徒たちを思い浮かべると、さらに気持ちよかった。

「本を読もうと思ったけど、お腹がいっぱいになったら眠くなっちゃった。少し寝る。時間が来たら起こして」

ラルフがシャーリーの膝で寝ると、彼女の身動きがとれなくなるのは解っていた。

彼女はきっと時間をつぶすためのものを探すだろう。そのため、新入生たちに用意させた本のうち一冊は、姉弟の禁断愛をモチーフにしたものにして、それをこっそり一番上に積んでおいた。

単純なシャーリーのことだ。自分と重ね合わせて、少しぐらいは動揺するはずだ。

最初からこうするつもりだった。シャーリーは気づいていない様子だが、下級生に声をかけられたときから考えていた計画的な犯行だ。

ラルフは目覚めたときが楽しみでならなかった。

そうしてしばらくの間、うとうととしていると、ふいにシャーリーの身体が萎縮《いしゅく》したのが、伝わってきた。

少しの間目を閉じているだけのつもりだったのに、気がつくと熟睡してしまっていたらしい。

シャーリーの変化を捉えるために、細部まで素早く目を走らせた。潤んだ瞳、微かに震えた肌。強張《こわば》った身体、手には姉弟愛の本。狙い通りに狼狽《ろうばい》しているらしい。

こういったときのシャーリーは、一切予想を違えない行動をする。そのことがかわいらしくて堪らない。

「どうしたの？　なんだか、身体が震えているみたいだけど。もしかして寒い？」

解っていても、わざと心配してみせる。性格が悪いことは自覚しているが、いじめたくなるシャーリーが罪つくりなのだから、仕方がない。

「大丈夫。……それより、まだまだ時間はあるから、もう少し眠っていても平気よ」

シャーリーは冷静になるように努めているが、次第に頬が赤くなっていく。

こんなにかわいらしい姿を前にして、唇にキスできないなんて、自分は神様に忍耐力を試されているのだろうか。そうでないとすれば、前世で姦淫の限りを尽くしたせいで、節制を求められているのだろう。

だとすれば、こう答えたい。もう自分の理性は限界だと。

「教室に帰ろう。食器や本はここに置いておけば、あいつらが片づけるから」

ラルフは身体を起こして、上着を脱いだ。それをシャーリーの肩にかける。細い肩だ。だぶついた上着を纏う姿が、ひどく庇護欲をそそる。

昔は同じぐらいの体格だったのに、成長期とはいえ、たった数年でこれほどまで差がついていた。ラルフがじっとシャーリーを見つめていると、気恥ずかしそうに瞳を逸らされた。そんな仕草が、いっそう欲望を煽る。

「別に寒くなんてないわ。日差しも暖かくて、今日はとても気持ちいいし、ずっとここにいたいぐらい」

シャーリーは強がってそう答える。きっと頬を火照《ほて》らせたままで、教室に戻りたくないのだろう。ラルフは気づかないふりで頷いてみせる。

もし本当に具合が悪いなら、シャーリーがどれだけ抗《あらが》おうとも邸に連れ帰るつもりだ。だが、今は動揺を誤魔化しているだけだ。このままでも問題はない。

「そう？　だったらいいけど……。少しでも具合が悪くなったら、無理せず言って」

自分の言葉のしらじらしさに、ラルフは思わず笑ってしまう。すると、シャーリーが気まずそうに俯いてしまった。

目が合って、頬を染めながら顔を逸らすなんて、まるで付き合い始めた恋人同士の初デートのようだ。シャーリー本人にはそんな自覚はないのだろうが。

ラルフはもっと義姉を困らせたくなって、自分の方へと引き寄せた。

「じゃあ、一緒に寝よう。こっち来て」

そして、芝生の上に彼女も横たわらせる。空は抜けるような青。

心地よい風が吹き抜け、花の匂いを運んでくる。腕のなかには、愛しい人の温もり。

これ以上の幸せはない状況だった。ずっとこのままでいたい。そう思いながら、息を吐いたとき、非難めいた言葉が聞こえてくる。

「ラルフ……。教室から見られてしまうわ。それに授業中よ」

声のする方へと顔を向ける。するとそこには、これ以上はないというほど真っ赤になったシャーリーがいた。どうやら恥ずかしさのあまり、どうしていいか解らないでいるらしい。

ラルフの至福の時間に、シャーリーは欠かせない。だから、逃げられないように腰を引き寄せた。

「気にしなくていいよ。勉強なら咎められるような成績じゃないし、……それに、僕たちは家族なんだから、一緒に眠るぐらいおかしくないって」

それだけ言うと、ラルフは眠ったふりをした。

「……もうっ。勝手なんだから」

せっかく上着を貸したのに、シャーリーはそれをラルフの身体にかけてくる。

そんなことをするよりも、腕を回して抱きしめてくれた方が嬉しいのに。

残念に思っていると、腕にのせていたシャーリーの頭がガクンと急に重くなる。どうやら日差しの暖かさと満腹感につられて眠りについてしまったらしい。

「いくらなんでも無防備過ぎだ」

思わず笑ってしまいそうになりながら、上着を彼女の身体に移動させる。そして、愛らしい寝顔を覗き込む。すると、授業の始まった教室の窓側に座っていた生徒たちの数人が、驚愕した様子で立ち上がるのが見えた。

シャーリーがここにいると知って、様子を窺っていた奴らだ。

遠目にはキスをしているように見えたのだろう。だが、ほとんどの教室は授業中のため、教師に見つかり叱られているようだった。

「悪いけど、シャーリーは僕のだよ」

ラルフは不遜な声で呟くと、シャーリーのサラサラとした鳶色の髪にチュッと口づけた。

＊＊　＊＊　＊＊

その日の授業が終わってすぐ、ラルフは呼び出しに応じて仕方なく中庭の奥にあるギリシア神殿風の造りの東屋《パビリオン》に向かった。

待っていたのは、同級生の侯爵令嬢リリアン・ランドールだった。なんどかデートの誘いを受けたことはあったが、面倒なのでいつも適当な言い訳をしてかわしていた相手だ。

彼女は金髪碧眼の美少女で、清楚なうえに人当たりもいいと、男子生徒たちのなかではなかなかの評判だ。だが、ラルフには、そうは見えない。微笑み、立ち振る舞い、会話の弾ませ方、なにひとつとっても、彼女の行動は計算されている。

狙った獲物は逃がさない、蛇のような陰湿さすら感じられた。こんな女のどこが清楚なのかと、周りの奴らの見る目のなさに呆れるほどだ。しかし、この学園には女生徒が十人ほどしかいない。年頃の男ならば、目が眩んでひいき目になってしまうのも無理はないのかもしれない。

「話ってなに？」

こうしている間にも、シャーリーは教室にひとりでいる。色めきたった他の男たちが、話しかける前に、早く戻らなくては。

「解っていらっしゃるから、ここまで来てくださったのではなくて？」

艶然《えんぜん》とした笑みを浮かべながら、リリアンが答える。確かにその通りだ。媚びて近づこうとする女たちにいちいち構っていては、きりがない。いつものラルフならば、手紙で呼び出されたとしても、人伝てに断るのが常だ。

「私、あなたたちの秘密を知っていますのよ」

どうやらリリアンの父親は、ラルフの父と深い親交があったらしい。そして彼女は、シャーリーが養女で、本人にはそれが隠されているという話を耳にしたらしかった。呼び出しの手紙には、そのことが臭わされていたのだ。

「それで？」

脅すつもりなのだろうか。ラルフは冷ややかにリリアンを窺い見る。

シャーリーは自分が養女であることを知らない。ナイーヴな彼女のことだ。真実を知ったら、どれほど傷つくことだろうか。血の繋がらない自分が邸にいるわけにはいかないと言って、出ていってしまうかもしれない。

そんな不安があるから、ラルフは義姉を想っているにもかかわらず、真実が告げられないのだ。せめて彼女から、ラルフを好きだと告げてくれたなら、なにもかも正直に話せるのに。そんな淡い期待を抱く日々だった。

「このことを、あなたのお義姉様はご存じないとうかがったのですけど」

ラルフは肩をすくめてみせる。

「さあ、どうかな。僕もあらたまって聞かされたわけじゃないし、こういうのって、自然と耳に入るものだよ」

嘘は吐いていない。実際ラルフは、両親の話を盗み聞いて、このことを知ったのだから。

「誤魔化しても無駄ですわ」

リリアンは笑みを浮かべながら、ラルフの金色の髪に触れてくる。冷たい感触にゾッと肌が粟立つ。

優しくて温かいシャーリーの指とは大違いだ。触れられても嫌悪感しか湧かない。

「それで？　なにが言いたいの」

勝手に髪に触れてくるリリアンの手を、すぐに振り払いたい衝動を抑えながらラルフは尋ねた。

リリアンは薄く笑って言い返す。

「私と恋人になっていただきます」

弱みを握ったリリアンは、どうやらそのことを盾にして、ラルフに命令するつもりらしい。鼻でせせら笑いそうになるのを、寸前で堪える。

「なにがしたくて恋人になりたいの？　僕に抱いて欲しいなら、スカートを捲ってそこの壁に手をついてみれば？　後ろ姿だけでも気持ち悪くなかったら、勃つかもね。そうしたら挿れてやってもいいけど」

こんな女を抱くぐらいなら、壁の穴に突っ込んだ方がましだ。ラルフは嫌悪感を隠しもせず、素っ気なく言い放つ。すると、リリアンは自尊心を傷つけられたようで、赤い口紅を塗った唇を歪ませた。まるで悪い魔女のような形相だ。

「私に逆らわない方がいいのではなくて？　うっかりお義姉様に話してしまうかもしれませんわよ」

調子に乗ったリリアンは、引き攣った顔で脅しにかかってくる。

「やってみればいい。シャーリーを傷つけたら、ただじゃおかない」

笑顔のまま告げると、ラルフは踵を返した。

相手が男ならば、生きていることを後悔するような目に遭わせて、学園から放り出すのだが、相手は女。しかも、祖父の代から親交のある侯爵家の一人娘だ。

どうやって黙らせるか、慎重に考えなければならない。

望むように抱いてやって、歯向かえなくしてから捨ててもいい。だが、顔の造形が整っているだけの女を相手にするなど、考えるだけで反吐が出そうだ。

そんなことをするぐらいなら、シャーリーの身体の感触を思い出しながら、自分で抜いた方が、よっぽど有意義な時間を過ごせるだろう。

「どうやって消すかな」

ラルフは今後のことを思案しながら、教室に戻った。

だが、そこにいるはずのシャーリーの姿がない。いつも座っている席には鞄が置かれたままだ。馬車を待つために、先に玄関に向かったわけでもなさそうだ。

「……いったいどこに」

嫌な予感がした。胸の奥がざわつくような感覚。こんなことは初めてだった。すると、そこに寄宿舎へと帰ろうとしているクレイブが通りかかる。

「お前の姉貴なら、真っ青な顔をしてどこかに行ったぞ」

なぜか彼は憮然としていて、かなり不機嫌そうだ。

「一応尋ねるけど、まさかうちの姉さんに、なにかしたわけじゃないよね」

笑顔を向けて尋ねると、クレイブは忌々しそうに舌打ちする。

「なにかしたのは、お前の方だろ」

どういう意味なのだろうか。ラルフには身に覚えがあり過ぎて、どれのことだか、さっぱり解らない。まさか毎晩睡眠薬を飲ませて、甘い身体を貪っていることではないだろうが……。

もしかして昼寝をしながら、口づけようとしたときのことだろうか。

ラルフが逡巡していると、クレイブが吐き捨てるように言った。

「ここから、お前が金髪女とイチャついているとこが見えていた」

「え……」

失念していた。中庭の隅ではあるが、確かに教室から見える場所だった。ラルフは、リリアンの脅しを臭わせた手紙のことで、頭がいっぱいになっていたのだ。彼女と話をしているところを、よりによってシャーリーに見られるとは。

「弟も男だってこと、忘れてたんじゃないのか」

クレイブの言葉に、これはこれでいい機会だったのではないかとラルフは考えた。

シャーリーはラルフのことを単なる弟だとしか思っておらず、一緒に眠ることにすら危機感を覚えていない。昼間に読むように仕向けた本のように、些細な変化でも与えれば、少しぐらいは意識してくれるようになるのではないだろうか。

「……シャーリーを捜してくる」

廊下に出ると、ラルフの持ち駒のひとりが声をかけてくる。持ち駒たちは、元は同級生や下級生で、ただ顔見知りだっただけなのだが、気がつくと配下のような真似事をするようになっていた。面倒で放っておいたのだが、入学して一年経った今では、数えきれないほどの人数になってしまっている。こういった、トップを擁立して派閥をつくる騎士団の真似事は、この学園の伝統らしい。

あのクレイブにもそういった者たちが集まっている。クリケットやポロなどの大会では、派閥ごとにチームを組み白熱した戦いになるのだ。

「シャーリーさんは、第二音楽室にいらっしゃいます」

彼らは、ラルフの意思を汲《く》み取って、先回りして行動することが多くなっていた。

煩わしいと思うことも多いが、こういったときには役立つこともある。

「いつも悪いね。助かるよ」

ラルフが礼を言うと、相手は誇らしげに顔を綻ばせた。それを後目に、急いで第二音楽室に向かう。すると持ち駒のひとりが、部屋の近くで見張っている姿を見つけた。だが、ラルフに気づくと軽く会釈《えしゃく》をして去っていく。このローレル・カレッジには、シャーリーに近づこうとする生徒は多い。なにか問題が起きないように、自主的に監視を続けていたらしい。ありがたい反面、人の女の周りを勝手にうろつくなと、文句を言いたくもなる。シャーリーに関することには、ラルフはいつもこうして身勝手な考えを抱いてしまっていた。

ゆっくり第二音楽室に近づいて行くと、扉を隔てたこちら側にまで、男女の愉しげな笑い声が響いてくる。女の方はシャーリーのもので、男の方は聞き覚えのない声だ。

シャーリーは人見知りで、初対面の人間に対して声を上げて笑うことはないに等しい。いったいどういうことなのだろうか。

ラルフが怪訝に思っていると、第二音楽室からシャーリーが出てくる。ラルフはとっさに隣室に隠れた。隙間から廊下の様子を窺う。すると、シャーリーのあとから見知らぬ男が姿を現した。

「じゃあ、私は玄関に行くから。……これからよろしくね」

「こちらこそ、よろしく」

甘い声音で、シャーリーに囁く男の声に、ザッと血の気が引いた。

誰だ。あの男は。人の女に気安く触るな。そう声を上げそうになるのを堪え、ラルフは歯を食いしばった。

第三章　引き裂いた純潔

邸から迎えに来た黒塗りの箱馬車に乗って、ふたりは帰路に就いた。

ラルフは、シャーリーが先ほどの男について話し出すのを待ち構えていた。

金で縁取られた房のある天鵞絨《ビロード》の赤いカーテンを開いて、車窓から外を眺めるふりをしながら、チラチラと義姉を盗み見る。だが、シャーリーは沈黙したままだ。ただし、どこか気もそぞろで、微かに頬を赤くしている。

明らかに様子がおかしい。まるで、生まれて初めての恋でもしたかのような表情だ。

シャーリーは、いつもラルフのことを優先して、他の男子生徒を寄せ付けようとしなかった。たった一度の油断で、まさかこんなことになるとは。

ラルフは歯ぎしりを堪え、窺うような表情をつくると、シャーリーの顔を覗き込んだ。

「シャーリー。どうしたの？　なんだかニヤニヤしてるよ」

するると、義姉はハッとした様子で、慌てて顔を引き締めた。

これは間違いなく、なにかあったらしい。

「男に告白された……とかだったりして」

ラルフの心臓の鼓動が壊れそうなほど速まる。どうか違っていてくれと、心から祈った。

シャーリーは気恥ずかしそうに顔を逸らしてしまう。どうやら図星らしい。しかも、この様子では満更でもなさそうだ。

「本当に？　へえ。そうなんだ。……もしかして、恋人になったの？」

口角を上げて笑みを作ろうとした。だが、顔がヒクヒクと引き攣ってしまう。

「うん……」

シャーリーの頷きに、目の前が真っ暗になった。思わず返す言葉を失ってしまう。

愕然としていると、シャーリーが尋ね返してくる。

「ラルフも恋人ができたんでしょう？　中庭で話していた子？　たったひとりの家族なんだから、噂が耳に入る前に、私にも教えて欲しかったわ。おめでとう」

クレイブが忠告してきた通り、シャーリーは中庭でラルフとリリアンが話している様子を見ていたらしい。だが、噂と言われても身に覚えがない。それどころか、あの女のことは、心から嫌悪しているぐらいだ。もしかしたら、計算高いリリアンが、ラルフに近づく他の女を牽制《けんせい》するために、画策したのかもしれない。人を脅すような豪胆な女だ。それぐらいの嘘は平然と吐いてみせるだろう。

噂は嘘だと否定することは簡単だったが、様子見のために、ラルフは頷く。

弟としか見ていないラルフが男なのだという意識を、彼女に植えつける好機に思えたからだ。

「……ああ。ごめんね。なんだか言い出しにくかったんだ」

シャーリーは泣きそうな顔で俯く。秘密にされていたことがよほど悲しかったらしい。

だが、泣きたいのはラルフの方だ。ずっと大切にしていた義姉を、まさかとつぜん、他の男に奪われそうになるとは思ってもみなかった。

「それなら明日から昼食を分けて用意してもらった方がいいわよね」

シャーリーは、これからは付き合い始めたばかりの恋人と、昼食を共にしようとしているらしい。そんなことを許せるわけがない。

「どうして？　家族が別に食事をするなんて、おかしいよ」

ラルフの苛立った様子に気づいたのか、シャーリーは呆気にとられていた。

「……変なこと言ってごめんね。これからも、昼食は一緒でいい？」

「当たり前だよ」

第二音楽室から出てきた男を調べ上げ、すぐにシャーリーから引き離さなければ。

むっつりと黙り込んでいると、向かいに座っていたシャーリーが寄り添ってくる。

「本当にごめんね。……大好きよ。ラルフ」

ラルフが機嫌を損ねたので、気遣っているらしい。

謝られても許せるはずがない。相手のことはまだ解らないが、恋人とは明日にでも別れさせてやるつもりだ。

＊＊　＊＊　＊＊

邸に着くと、家令のバーナードが応接間で出迎えた。

応接間は壁のパネルも、テーブルセットも、椅子も、重厚なウォルナット製で、そのすべてに精緻な象嵌《ぞうがん》が施されている。暖炉のマントルは大理石でできているが、その上に置かれた時計の置物も、ウォルナットで統一されていた。濃赤の絨毯《じゅうたん》には、抽象化した薔薇が描かれている。窓際には真紅のベロアのカーテンがドレープになってかかっていた。

「お帰りなさいませ」

ラルフはカブリオールの脚にアカンサスの葉彫刻の施された優美なソファーに腰かける。今日は慌ただしい一日だった。柔らかな背もたれのソファーに身体を預けると、ドッと疲れが押し寄せてくる。

シャーリーは、暖炉に火がくべられているのを見つけると、上機嫌ではしゃいでいた。

「ただいま。バーナード。今日は夕方から、急に寒くなったわね。暖炉に火をいれてくれたの？　ありがとう」

「お気に召していただけたのなら、幸いです」

ニコリともせずに、バーナードは答えた。

家令のバーナードは榛色《はしばみ》の瞳に鎖のついた銀縁眼鏡をかけた男だ。白に近い銀髪をしているため、実際の年齢よりも高く見られがちだが、今年で四十歳になる。舞台俳優のような整った顔をしていて、彼に入れ込むメイドは後を絶たない。だが、昔から思う相手がいるらしく、どんな女も相手にしないらしい。父の代から、献身的に邸に尽くしてくれていて、彼の父もブライトウェル家で家令をしていたのだが、今は病を患って実家で静養していた。

バーナードは、彼の父を見舞うために実家に帰っていたはずだ。しかし、もう邸に戻って働いてくれている。相変わらず生真面目な男だ。

幼い頃はよくシャーリーと一緒にそんな彼をからかって遊んでいた。だが、バーナードはいつの間にかすっかりかわいげがなくなり、無愛想になってしまっている。

「助かるよ。シャーリーは寒がりだもの」

ラルフは、家令のバーナードが長年想いを寄せている相手は、シャーリーなのではないかと最近疑うようになっていた。

なぜならば、こうして帰るたびに、シャーリーのために部屋の温度を調整して、彼女の好きなお菓子やお茶を用意して待っているからだ。しかし、どれほど探りをいれても、バーナードの無愛想は変わらないため、決定的な証拠が見つからない。

もしも、シャーリーに惚れ込んでいたとしたら、どれほど有能な家令だったとしても、即刻解雇するつもりでいる。

「バーナードみたいに優秀な家令がいてくれて、本当に助かるわ。ラルフもそう思うでしょう？」

確かにとても助かってはいる。ただ、心から信用しているかといえば、話は別だ。

ラルフは紅茶を啜りながら、話を濁そうとした。

——だが、そんなこちらの心を読んだかのように、バーナードは薄らと笑みを浮かべて嫌味を言ってくる。

「いえ、滅相もございません。それに、この邸に必要なのは、優秀な家令ではなく当主ですから」

聞き捨てならないセリフだった。

「なにか僕に問題があるって言ってるの？」

ラルフが鋭く睨みつけるが、バーナードは素知らぬ顔だ。

「いえ、お父上を超える素晴らしい資質をお持ちかと」

「つまり資質はあるけど、実力が伴っていないと言いたいわけ？　見てなよ。見返してやるから」

紅茶のカップを置いて、ラルフは席を立つ。そして書斎へと向かった。

シャーリーとのお茶の時間を堪能したかったが、なにせやることが山積している。

バーナードもそれを知っていて嫌味を言っているのだ。

公爵としての領地の統治、貴族同士の付き合い、ローレル・カレッジの理事長としての仕事、邸の管理についての諸々の判断、その他にも数えきれないほどラルフには仕事が待ち構えている。

本来なら呑気に授業に出ている場合ではないことも解っていた。だが、今日のようにほんの僅かの間、隙を見せただけでも、シャーリーは恋人を作ってしまったのだ。油断などしていられるわけがない。

早く学園を卒業したかった。シャーリーに学年をスキップしてくれと頼みたいぐらいだ。しかし、勉学の好きな彼女が卒業を急ぐような真似などするはずがない。

ラルフは荒々しく書斎の扉を開く。ここは父が使っていたのを、そのまま引き継いだ場所だ。壁一面に並んでいる様々な本は、すべて父のものだ。父の幼少の頃からのアルバムもすべてあるらしい。だが、一冊開いてみたときに、そこにあったのがシャーリーの写真ばかりだったので、気分が悪くなって閉じてしまった。いつか整理するつもりだが、面倒でそのまま放置していた。

いっそすべて捨ててしまいたくなる。だが、シャーリーの写真は捨てたくなかった。それでも、父の集めていた写真だと思うと見たくない。ラルフの心境は複雑だ。だからこそ、整理ができない。

ラルフは真鍮の飾りのついたマホガニー製の執務机の椅子に座りながら、深く溜息を吐いた。

しばらくの間、仕事に没頭することにした。ラルフはなにかに集中すると、時間を忘れてしまうことが多い。といっても、父がシャーリーを狙っていたため、人の気配には敏感だ。そのつもりでいるのだが、気がつくといつもシャーリーが傍にいる。

「口を開けて」

いきなりブルーベリータルトを口元に運ばれ、僅かに驚く。

シャーリーはいつの間に部屋に入ってきたのだろうか。

義姉の話では、いつもちゃんとノックはしているし、声もかけているのだという。ラルフは集中しているときに、誰かが足を忍ばせて廊下を歩いただけで、苛々するほど神経質だ。それなのに、どうして義姉だけはまるで空気みたいに部屋に入れるのか。

理由はだいたい解っているのだが、まさかここまでとは……と、いつも驚いてしまう。仲の良い新婚夫婦は、伴侶がイビキをかいて寝ていても気にならないそうだ。だが、愛想をつかして相手への気持ちが冷めるとともに、うるさく感じるものらしい。きっと原理は同じことなのだろう。

口に入れられたブルーベリータルトを咀嚼する。上に飾られたジュレが、カリカリとしたクッキー生地とあっていて、おいしい。タルトに載っているブルーベリーも摘みたてなのか、新鮮でプチプチと口の中で弾ける。

「おいしい？」

シャーリーの尋ねる声に、ラルフは小さく頷いた。もう仕事を中断しようかと考える。だが、このままでいると彼女が世話を焼いてくれるので、続けることにした。

「ん。……喉が渇いちゃった」

わざと甘えてそう言うと、シャーリーは紅茶のカップを手に取り、ふぅふぅと息を吹きかけて冷ましてくれる。

病人が食べるリゾットじゃあるまいし……と、笑いそうになってしまう。カップの縁を口元にあてられ、少しだけ啜る。飲んだ後に言うセリフはもう決まっていた。

「熱い……」

本当は飲みやすい程度に冷めていた。だが、こう言えば、シャーリーはまた気遣ってくれる。

「ごめんね。もう少し冷ましてあげる」

思った通りそう言って、シャーリーは紅茶に息を吹きかけた。少し窄めた赤い唇がかわいい。紅茶なんていらないから、キスさせて欲しいと言いたくなる。その方が、ずっと満たされるに違いない。

人の気持ちも知らずに、シャーリーは紅茶のカップを差し出してきた。もの足りない気持ちなのに、冷めた紅茶はいつもの数倍おいしく感じられた。

「少しぐらい休めばいいのに」

心配そうにシャーリーが呟く。

「急いでるから」

どれだけ忙しくても、ラルフはつらくなかった。これが、シャーリーとの生活を守るためならなおさらだ。

学生生活を続けながらもすべてを完璧にこなしてこそ、義姉を妻に迎えるにふさわしい人間になれるはずだ。そう信じているから、苦労も厭わない。

シャーリーは苦笑いして、執務机の上にデザートプレートを置いた。

「お皿、ここに置いておくわね。あまり無理しないで」

立ち去ろうとする義姉を、ラルフは慌てて引き留める。

「ここにいて。後でちょっと手伝って欲しいことがあるんだ」

「わかった」

本当は用事などなかった。だが、少し目を離しただけで、恋人を作られてしまったばかりだ。シャーリーが傍にいないと落ち着けない。

「ラルフ？　気が散るなら……私、部屋にいるから、あとで声をかけて」

大人しくソファーに座っていたシャーリーだったが、いつまでも用事を言いつけられないため、暇を持て余してしまったらしかった。

「もうすぐだから、そこに座ってて」

実はシャーリーが手伝えることなどなにもない。しかし、ただ傍にいて安心させてくれるだけで、なにより仕事の効率が上がるのだった。

＊＊　＊＊　＊＊

待ちわびていた夜がやってきた。睡眠薬の仕込まれたホットミルクを飲んで、シャーリーは今夜もぐっすりと眠り込んでいる。

安穏とした眠りに落ちている姿は、いつもと変わりない。だが、彼女の心は、付き合い始めたばかりの男に揺らいでいる。脳裏に浮かぶのは、気恥ずかしげに頬を赤く染めた義姉の姿だ。性交に及ぶような時間はなかったはずだ。それになにかあれば、持ち駒たちが邪魔をしているだろう。

それでも義姉の愛らしい唇が奪われた可能性はないとはいえない。

シャーリーが他の男に唇を奪われる？

――許せるはずがなかった。

シャーリーに口づけていいのは、自分だけだ。他の男には、指一本触れさせるつもりはない。ラルフは静かに怒りを募らせた。

無防備に眠るシャーリーの薄いナイトガウンの上から、柔らかな胸を揉みほぐす。

そして、赤く熟れた果実のような唇を塞いだ。ぬるついた舌を擦り合わせる。いつもなら優しく触れるのに、今日は苛立っているせいで乱暴に口腔を探ってしまう。

「ん、んぅ……っ」

同じ行為を、あの男に許したのだろうか。

そう思うだけで、胸の奥に薄暗い感情が渦巻き、今すぐにでも、義姉の身体を劣情のまま貫きたくなってくる。

「……はぁ……はぁ……っ」

明日にでも、他の男が貪るかもしれない身体だ。それなら、いっそ今すぐにでも、奪ってしまいたい。

「ん……、く……ぅ……っ。……はぁ……」

仰け反りながら悶えるシャーリーの声音が、甘く誘っているように耳に届く。

抱きたい。

身体中に舌を這わして、快感に震える身体を縦横無尽に貫き、声が嗄れるまで喘がしてしまいたかった。

乱暴なぐらいに、布越しにシャーリーの乳首を抓《つま》みあげ、クリクリと擦りつける。

「……あぅ……く……、んん……っ」

一年の間に、すっかり淫らになった身体は、いやらしく誘うように反応する。シャーリーが下肢をビクビクと痙攣《けいれん》させるのを、ラルフは苦々しい思いで見つめた。

ラルフがじっくりと慣らした身体。それなのに、甘美な蜜を滲ませるこの甘い果実を、他の男に摘み取られてしまうかもしれないのだ。

わざと強く触れたせいで、シャーリーは苦痛混じりの喘ぎを漏らし始める。

「……ぁ、や……、やぁ……っ」

だが、優しくすることができない。身悶えるシャーリーをただ、冷ややかに見下ろした。

「抱いてしまおうか？　待っていても、奪われるだけだし？」

自嘲気味に呟いたラルフは、シャーリーの柔らかな唇に噛みつくように口づけた。

「んぅ、……んんっ」

たとえ目覚めても構わない。苛ついた感情をぶつけるように、激しく舌を絡めていく。

蠢く舌を啜り上げて、歯列や口蓋を舐め尽くし、角度を変えては深く唇を塞いだ。

ヌルついた感触にいつもなら満たされていくのに、今日はいくら舌を絡めても餓えるばかりだ。

もっと、もっと奥まで。

熱い舌をなんども絡めて、吐息まで奪って、ぜんぶ、ぜんぶ暴いてしまいたかった。

あまりの激しい口づけに、シャーリーは苦しがって顔を背けた。

「や……、んぅ……」

その反応が、ラルフを拒んだかのように見えて、怒りが募る。力ずくで顔を上向かせ、さらに唇を重ねた。

「……やっ、やめ……、……は……んぅ……っ」

ジュプジュプと唾液を捏ね合わせるように、ぬるぬると熱い舌を絡ませ、溢れる滴を啜り上げる。

口腔だけではもの足りない。淫らな蜜を溢れさせる義姉の膣肉を、ラルフの昂ぶる肉棒で貫き、奥深くで吐精してやりたくて堪らない。

孕んでも構うものか。姉弟とはいえ、本当に血が繋がっているわけではない。

乱暴に唇を奪い続けていると、シャーリーの身体がビクビクと痙攣する。

「く……っ、ん、ん……ふ……っ」

これほど乱暴に口づけられても、感じてしまうほど、シャーリーはいやらしい身体になっている。快感を知らない初心な身体を、彼女の知らぬ間に、ぜんぶラルフがつくりかえたからだ。ラルフは満足げに笑って、乳房を掴みあげる。

「……ん……んぅ……。放し……っ」

柔肉をきつく摑まれ、シャーリーはいやいやをするように首を振った。そんな媚態をみせても許せるわけがない。

頬を染め恥じらう表情を浮かべて、義姉は明日にでも、この淫らな身体を他の男に差し出すのかもしれないのだから。

薄い布を押し上げているシャーリーの胸の突起を、ラルフはキュッと抓みあげた。

そして、クリクリと押しつぶすようにして擦りつけてやると、リネンの上で、シャーリーの身体が跳ねる。

「……は……っ、ん、……んんぅ……」

唇から洩れる熱い吐息に、いっそう征服欲が湧き上がってきた。

もっと乱してやりたい。もっと、辱めてやりたい。そして、もっと、シャーリーのすべてを満たしたかった。

身悶えているシャーリーの弱い場所を、ラルフは知り尽くしていた。

シャーリーの性感帯を、誰よりも知っているのは、自分だ。

耳、乳首、足の付け根、背中、臍《へそ》、そして、花芯。

今すぐにでも彼女の弱い部分を、泣いて懇願するほど、舌で嬲《なぶ》ってやりたい。

ラルフが優しくしていないせいか、今日はシャーリーの眠りは浅そうだった。いつもより、声を上げている。

もしかしたら、夢のなかにまで声が聞こえるのではないかと、淫らな言葉を囁いてみた。

「乳首、舐められるの……、好きだよね。邪魔なガウンなんて、脱げば？」

思った通り眠りが浅かったらしく、シャーリーは懸命に首を横に振った。

「……いや……っ、そんなの好きじゃな……ぃ……、放して……」

いったい、誰にこんな卑猥な真似をされている夢を見ているのだろうか？

自分だったなら嬉しい。いや、自分であるべきだ。ラルフはそう願ってやまない。

ラルフは、濡れた舌先でシャーリーの耳殻を、ヌチャヌチャと抉り始める。

「やぁ……っ、……み、耳、……舐めるの……いや……っ」

顔を背けて逃れようとするのを押さえつけ、さらに耳孔の奥を舌で嬲ってやる。すると、華奢な身体が愛らしくリネンの上で跳ねた。

シャーリーはいつも熟睡している。反応も薄く、まるで人形を弄ぶような気分になるぐらいだ。だが、今日は違う。

身を捩《よじ》るうえに、言葉の受け答えまでできている。ラルフは興奮を抑えられない。

まるで本当に、シャーリーを抱いているような気さえしてくる。

「ほら、……耳、感じるくせに……」

ラルフはクスクスと笑って、シャーリーの耳孔の奥を、ヌルついた舌で擽った。

「……ん……っ、んんぅ……っ。あ、あぁっ」

「気持ちいいんだ？」

赤い唇の間から小さな舌を伸ばして快感に喘ぎながらも、義姉はブルブルと頭を横に振って否定する。

「ふぁ……、あ、んぁ……」

艶めいた喘ぎをもっと聞きたくて、ラルフはシャーリーの乳首を掌で嬲るようにして、胸の柔肉を揉みしだく。そして、耳元で囁いた。

「『自分は嫌がったのだから、悪くない』……って、言いたくて、気持ちいいのに抵抗しているふりしているの？」

シャーリーは身悶えながらも、懸命にラルフの言葉を否定しようとする。それが楽しくて仕方がない。

「ずるいよ。……ずるくて、いやらしい。……見ているだけで、堪らなくなるほど、感じやすい身体なのにね」

反論しようと唇を開いたシャーリーの乳首を、キュッと痛いぐらいに抓みあげる。

「……あんっ」

　すると、シャーリーが誘うように甘い喘ぎを漏らす。

「僕が言っていることを認めるまで、弄ってあげようか」

　ナイトガウンの紐を解くと、シャーリーは苦しそうに首を揺らしながら、腕で胸の膨らみを隠そうとした。どうやら、夢のなかでも抗おうとしているらしい。

「邪魔をするなら、今すぐ抱いてしまうかもよ？」

「いや……、それだけは許して……」

　起きているのではないかと疑うぐらい、明確な返答だ。

　もしかして……、と耳を澄ませてみるが、シャーリーは寝息を立てている。

　ここでシャーリーが起きたら、どうなるだろうか？

　しかし寝ぼけた彼女なら、誤魔化すのは簡単だろう。そう安易に考えて、ラルフは行為を続行した。

「大人しくしてて。……僕はひどいことなんてしないよ。気持ちよくしてあげたいだけ」

　ナイトガウンの布地を払うと、欲情を煽られる大きな胸の膨らみが露わになる。ラルフは、今すぐむしゃぶりつきたくなるのを堪えて、両手で弧を描くように弄っていく。

　卑猥に胸の形が変わって、その先端で赤い突起が揺らめいている姿が堪らない。掌のなかで乳首を押しつぶされたシャーリーは、快感に身を捩り始める。

「あ、……っ、く……っ、ん、んぅ……」

もう限界だった。卑猥な乳首を存分に舌の上で転がして、シャーリーをいっそう乱したくて堪らない。だが、薄赤い乳頭に唇を近づけて、熱い息を吹きかけたところで、シャーリーが声を上げた。

「……だ……め……っ」

まだなにもしていない。息を吹きかけられただけで、次の行為を予測できたのだろうか。

ラルフは愉しくなって、尋ねる。

「なにがだめなの？　教えて欲しいな」

「……な……っ」

シャーリーは眉根を寄せて、ブルブルと震えた。夢のなかまで、義姉は初心《うぶ》なままらしい。恥ずかしがっているシャーリーを、もっといじめたくなってしまう。

「なにをやめて欲しいのか、言ってくれないなら、やめようがないものね」

残念だと、心にもないことを呟き、ラルフは濡れた舌を伸ばす。

「……だめ……っ、だめぇ……っ」

胸を露わにされた格好で、シャーリーは肩口を揺する。そんな風に抵抗されたら、男はいっそう欲情してしまうということにも気づかずに。

毎日弄っているのに、色あせることのない薄紅色の乳輪を舌でなぞる。ゆるゆると蠢く舌が辿るたびに、シャーリーの身体がビクンと大きく跳ねあがった。

固い突起が唾液に濡れて、息づいているかのように卑猥に上下している。

かわいい。

このまま噛み千切ってしまいたい。

堪らなかった。もっと、感じさせて、あんな男のことなど忘れさせてやらなければと思うと、いっそうとまらなかった。

「僕にこうされるの、本当はずっと待ってたくせに。……感じやすくて、とってもいやらしい乳首、いっぱい舐めてあげる」

固く上向いた乳首を、口腔に咥え込み、弾力のある感触を味わう。そのまま、窄めた唇で扱きあげてやると、シャーリーは仰け反りながら、あえかな声を上げる。

「ひ……んぅ……っ」

唾液にヌルついた乳首を、なんどもなんども吸い上げた。シャーリーの身体に触れると、ラルフの舌はどうしようもなく、疼《うず》いてしまう。

乳首だけではない。シャーリーの肌のどこを舐めても、疼くのだ。

「こうして吸っていると、甘い蜜が出てきそうだね。とってもおいしいよ」

柔らかな乳房に歯を立ててしまいたかった。その衝動を堪え、熱く濡れた口腔のなかで、なんども甘噛みする。

「……あ、あぁ……っ。でな……っ、なにも出ない……から……」

身を捩って逃げようとするシャーリーを抑え込み、いっそう乳房を貪った。深く咥え込み、なんどもなんども吸い上げてやる。

「も……お願い、……吸わな……で、……。やぁ……っ」

誘うように艶めいた喘ぎ声で、愛らしく訴えられても、とまるわけがなかった。

右の胸も、左の胸も、誰にも渡さない、自分だけのものだ。そう主張するかのように、荒々しく交互に舐めしゃぶり、溢れる唾液ごと啜り上げる。

「ふふ。なにも出なくても甘いよ。とっても……。ああ。この感触、……堪らないな。固くて弾力があって」

勝手に恋人など作った仕置きだ。そう思って乳首を甘噛みする。すると、やはりシャーリーが、悲痛な声を上げた。

「ひんっ！　やぁ……」

シャーリーの眦《まなじり》には、涙が滲んでいる。その表情を見ていると、少しだけ意趣返しでききた気になれた。

今度は慰めるように、乳首に舌を這わせていく。

「はぁ……。すごくおいしい……。舐めているだけなのに、僕も勃ちそうになる」

乳首の側面を舌で擽られると、シャーリーはいつも激しく反応する。

「……あ、あ、……あふぅ……んんっ」

今日も、感じているようだ。鼻先から息を漏らしながら、身悶えている。

舌の動きに合わせて、シャーリーの身体が上下に跳ねる。そろそろ、淫らな蜜が溢れている頃合いに違いなかった。

噎せ返るような蜜の匂いのなか、シャーリーの熱い媚肉に舌を這わせる、艶《なま》めかしい感触を思い出すだけで欲求が募る。次第に、ラルフの下肢の中心に熱が渦巻いていった。

「……こうするとビクビクするね……。やっぱり舐められるのが好きなんだ？　素直に認めたらいいのに」

シャーリーが気持ちいいと言ってくれたなら、どんな場所でも舌を這わすつもりだ。

そう考えながら、乳首だけではなく、透けるように白い肌を、順に吸い上げていく。

「ちが……っ、違う……」

これほど淫らな身体をしているのに、シャーリーは感じているのを認めたくない様子だ。

「シャーリーなら、僕はどれだけいやらしくたって構わない。身体が疼くなら、毎日満たしてあげるのに？」

クスクスと笑いながら、ラルフは彼女の腹部を撫でさすりながら、下肢へと指を這わせていく。

薄い茂みの感触を指で愉しんだ後、たっぷりと溢れた蜜で濡れそぼった秘裂を開いた。

「……触らな……で……ぇ……」

ここは、女の快感の源泉だ。

男の指で弄られれば、途端に淫らに腰をくねらせてしまう。

シャーリーだって例外ではない。たとえ睡眠薬を盛られて深く眠らされていたとしても。

「ここ、……濡れてきた……。ほら、解るよね？」

淫唇《いんしん》を弄ると、ぬるついた感触が指先に伝わってくる。その蜜の正体が、シャーリーの愛液だと思えばなおさら興奮してしまう。

ラルフの指に、義姉が悦《よ》がっている証。そう思うと嬲る指がとまらなかった。

「……やぁ……ん、……」

鼻にかかったような掠《かす》れた喘ぎ声。もっと聞いていたい。

ラルフはそう願う。だが、シャーリーは、声を殺すために歯を食いしばってしまう。

それならば、唇を開かせるまでだ。

感じやすい花芯を肉びらごと、ゆるゆると擦っていく。

「あ、あふ……、……ん……くぅ……んっ」

声を懸命に殺そうとしていたシャーリーは、思いがけないほど、あっさりと陥落した。

ふたたび静かな部屋に甘い嬌声《きょうせい》が響き始めると、ラルフは満足げに微笑む。

ラルフは、シャーリーの反応を、すべて目に焼きつけていたかった。ふっくらと膨れた肉粒を、緩急をつけて焦らしながらクリクリと擦り立てていく。すると、卑猥な蜜がとめどなく溢れ出し、シャーリーは淫らに腰をくねらせた。

「あ、あ、あ……だ、だめぇ……、も……やめ……っ」

淫らな自分を受け入れられないのか、シャーリーは足を閉じ合わせることで、ラルフの指を拒もうとした。だが、義姉が過剰に反応してしまう内腿の柔肉を揉んでやると、ビクリと身体を引き攣らせる。シャーリーの膝はガクガクと震えてしまい、もう足を閉じ合わせることができなくなっていた。

「……んんぅ……っ」

シャーリーは、まだ無駄な抵抗を続けるつもりらしく、今度は腰を引かせようとした。

だが、逃がすつもりはない。

ラルフは躊躇なく媚肉の奥にある濡襞を押し開き、肉洞のなかへと指を押し込んだ。

「く……んんぅ……っ」

熱く濡れそぼった肉壁が、キュウキュウと指を咥え込む。ここに、自分の性器を突き上げたら、どれほど心地よいだろうか。

ラルフは淫欲の誘惑に陥落した自分を想像するだけで、息が乱れてしまう。

「挿れたいな。……シャーリーの熱い襞、拡げて……、僕のペニスでグチャグチャに突き回してあげたい」

「だめ、……だめぇ……っ」

嫌がるシャーリーの濡襞を、ラルフはなんども指で擦りつけながら、上下に抽送していく。掻き出される蜜がいっそう溢れて、ヌチュヌチュと卑猥な水音が響いた。

こんなに感じているのに、どうしてシャーリーは拒むのだろうか。

もしかして、ひどく抱いて欲しくて、煽っているのではないかという、身勝手な疑いすら抱いてしまう。

「本当は僕としたいくせに……。嘘つきだね」

喘ぎながらも懸命に抗うシャーリーを、いっそ淫らなことしか考えられない獣にでも変えてしまいたくなった。

　ラルフは、シャーリーがどこよりも激しく感じてしまう場所を、執拗に指先で嬲り始めた。花芯が包皮ごと指の腹で緩急をつけて擦り立てられ、シャーリーは咽喉を震わせながら、首を横にふる。

「……違う、違う……っ、したくなんて……な……」

　じっとりと濡れそぼった熱い媚肉が指に触れる。これほど乱れているのに、どうして拒絶しようとするのだろうか。

　夢のなかでまで、自制心を保とうとするシャーリーに驚くと同時に、苛立ちがこみ上げる。

　それならば、いっそう快感を煽るだけだ。

　卑猥にうねる粘膜を指で掻き回し、同時にシャーリーの乳首を深く咥え込む。火照った身体をくねらせ、ガクガクと腰を揺する姿は、決して処女には見えない。まるで、早く犯して欲しいと強請る情婦のようだ。

「ほら、ここ。舐められたら、腰振っちゃうのに」

　シャーリーはひどく感じてしまう場所を責め立てられ、赤い唇を震わせながら、嬌声を漏らす。

「……やぁ……っ、やぁ……んっ」

リネンの上で腰を浮かせると、シャーリーは、ガクガクと身体を引き攣らせた。内壁を押し開いているラルフの指を、陰唇《いんしん》できつく咥え込み、襞をうねらせる。

「……ん、んぅ……っ、はぁ……、あぁ……、あぁぁっ！」

枕を摑んで、シャーリーは引き攣らせた爪先で、なんどもリネンを掻く。

ビクンビクンッと大きく身体を跳ねさせる姿を見ているだけで、ラルフは恍惚としてしまう。シャーリーが絶頂を迎える姿は、なんど見ても、興奮する。

指や舌だけでこんなにも乱れるのだ。もしもラルフの熱い楔《くさび》で貫いて、存分に揺さぶれば、いったいどのような反応をするのだろうか。

熱い眼差しを向けていると、シャーリーが涙声で懇願してくる。

「はぁ……っ、はぁ……っ、も……もぅ……、許して……」

許す？

なにを？　ラルフは今、腹を立ててなどいない。

愛しているだけだ。

かわいがりたいだけだ。

誰よりも傍にいたい。

溶けあうぐらいに、奥に入り込みたい。

つなぎ目などないぐらいに、シャーリーの身体のなかを埋め尽くしてしまいたい。

熱い肌に触れれば触れるだけ、欲求が募る。

このまま、いっそ抱いてしまおうか。そう考えたとき、シャーリーが寝返りを打って、背中を向けてしまう。

まだ終われない。終わらせられるはずがない。

滑らかな肌を吸い上げる。背筋も感じてしまうことは知っている。

なんどもシャーリーの感じる場所を唇で啄み、後ろから掬い上げるようにして、胸をまさぐる。指の間に挟んだ乳首の凝った感触が伝わってくると、ひどく歯で噛みついてやりたい衝動に駆られた。

「はぁ……っ、ん……ぁ、あふっ」

シャーリーが仰け反り、甘い喘ぎを漏らすのが聞こえた。堪らない。もっと、喘がせたくて、もっと、乱してやりたくて、無防備な首筋に噛みついてしまう。

「……ひ……ぃんっ！」

痛いはずなのに、シャーリーは誘うように腰を揺らした。

これが、気持ちいいのだろうか。

場所を変えて柔らかな首筋を噛む。すると、また淫らに腰をくねらせた。

「いいの？　こんなことされて、感じる？」

このままでは噛み千切ってしまいそうで、ラルフは歯を立てるのをやめて、優しく舐め上げていく。

少し汗ばんだ甘酸っぱい香りと、汗ばんだ肌の味に、身体が震えた。

いつもよりも、ずっと肌が熱い。

シャーリーも身体を疼かせているのだということが強く伝わってくる。こんなにも乱れているのに、目覚めないのが不思議でならない。

いっそ、目を覚ましてくれれば、今すぐ抱いてしまうのに。そんな危険な考えが浮かぶが、ラルフは頭を横に振ることで払拭する。

抱きたい。でも、傷つけたくない。

傷ついたシャーリーに拒まれたら、ラルフはもう生きていけなくなってしまう。

「愛してる」

切ない想いを伝えたくて、甘い声音で囁く。だが、あれほど言葉を返してくれていたのに、シャーリーは沈黙したままだ。苦しくて、悲しくて、もう一度囁いた。

「……シャーリー、愛してる」

やはり反応はない。

耳孔が塞がれているのか、それとも聞こえないふりをしているのか。

声が届いて欲しいと願って、彼女の耳孔を抉るように舌を押し込んだ。

お願いだから、聞こえないふりなどしないで欲しかった。

「……ふ……あ、あぁっ」

甘い喘ぎが聞こえてくると、いっそうとまらなくなった。

耳朶《じだ》を熱い口腔で咥え込み、ぬるついた舌で舐め上げ、なんども執拗に擽る。

そのたびに、シャーリーの身体がビクビク跳ねていた。

「も、もう……無理……、耳も舐めちゃ……、や……ぁ……」

耳がだめだと言うのなら、他の場所ならいいのだろうか？　いじわるな気持ちが湧き上がってくる。

ラルフはシャーリーの胸を弄っていた手を、下肢に伸ばして、濡れそぼった秘裂へと向けた。彼女がひどく感じてしまう肉粒が、卑猥にヒクついている。

指の腹で肉びらごと捏ね回すと、ビクンビクンと腕のなかで肢体が引き攣った。

「いやぁ……っ、そこ触っちゃ……、いや、いやぁ……っ」

こんなに悶える姿を見せつけられて、とめられるわけがない。

淫らな蜜に塗れた肉粒を小刻みに転がすように弄るたびに、シャーリーはリネンを掴んで、声を上げていた。

もっと、シャーリーの感じている様がみたい。

艶やかな喘ぎを聞きたい。

熱く高ぶった身体を抱きしめたい。

眩暈がするほど熱く渦巻く欲望をシャーリーに挿入できないのなら、せめて濡れた襞の感触を味わいたかった。

ラルフは指を滑らせ、ヌルついた蜜を溢れさせる膣孔を探りあてた。そして、ふたたび熱い粘膜を指で左右に押し開き、先ほどよりもさらに奥へと挿入する。

「んんぅっ！」

シャーリーは声を上げるが、痛がっている様子はない。それどころか、唇を震わせながら、気持ちよさそうに喘いでいた。

「……抱きたい……。シャーリー、お願いだから、抱かせて？」

ヌチュヌチュと淫らな蜜を掻き出しながら、なんどもなんども内壁の襞を擦りつけながら、入り口を掻き回す。もっと奥に触れたかった。指ではなく、脈動する肉棒を突き上げ、シャーリーを揺さぶり立てたい。

しかし、シャーリーは、先ほどの愛の告白は聞いてくれなかったくせに、今は拒絶の声を上げてくる。

「……だめ……、だめ……ぇ……」

「どうして、こんなときだけ……」

ラルフは胸が押しつぶされそうな焦燥に、顔を歪める。

拒絶しないで欲しいと、縋り付きたかった。だが、シャーリーは魘《うな》されているかのように、眉根を寄せて、『だめ』と繰り返し声を発している。

「どれだけ嫌がっても、逃がさないから」

ラルフはシャーリーの肉洞を嬲る指を離すと、彼女をうつ伏せにベッドに押しつけ、犬が床に這うような格好にさせた。

そのまま膝立てさせ、お尻を突き出すような淫らな格好で、足を開かせる。

赤く熟れた媚肉が割れて、淫らにヒクついた陰唇もすべて露わになっていた。

とろりとした蜜で塗れた陰部を、じっくりと目で堪能した後、ラルフは舌を伸ばして、媚肉や筋、濡れそぼった淫唇を擽っていく。そして、熱い口腔で肉芽を咥え込み、痛いぐらい強く吸い上げた。

「はぁ……、あ、あぁっ」

ラルフの舌の動きに合わせて、卑猥に蠢く肉襞《にくひだ》が震える。その淫らな光景をラルフは満足げに見つめた。

嫌だなんて口にしていても、感じているのだ。そう思うと、シャーリーをいっそう乱してしまいたくなる。

感じやすい突起を口に含み、甘い蜜を啜り上げ、なんどもなんども秘裂を舐めおろす行為を執拗に繰り返す。

そうして、ヒクヒクと震えながら膨張した花芯を、きつく吸い上げたとき——。

「んぅ……っ、あ、あぁ……、あぁぁっ！」

シャーリーは淫らに腰を痙攣させながら一際甲高い嬌声を上げた。

お尻をラルフの方に突き出した格好のままガクガクと打ち震えた後、シャーリーは枕に突っ伏して、ぐったりと身体を弛緩させる。

「はぁ……はぁ……っ」

ヒクヒクと震える蜜孔《みつあな》から、粘液がとめどなく滲み出していた。

「こんなに、濡らして……」

卑猥な蜜を滴らせるシャーリーの内腿を、ラルフは恍惚と見つめながら、舌を這わせていく。噎せ返るような香りが堪らなかった。

もう、我慢などできない。グッと臀部の柔肉を摑んだとき。

——今までとは、まったく違う鋭い声が響く。

「い、……いやぁ……っ」

シャーリーが目覚めようとしているのだ。ラルフは瞬時にそのことを察知した。慌てて彼女のナイトガウンを整えてやると、仰向けに身体を横たえる。そして、自分もその隣に寝転んで、瞼を閉じた。

「はぁ……っ、はぁ……、やっぱり……夢……」

息を乱しながら、シャーリーが苦しげに声を上げる。もしかしたら、ラルフの行為をすべて夢に見ていたのかもしれない。

「……ラルフ……」

シャーリーがラルフの名前を呟く。思わずドクリと心臓が跳ねた。そして、脈が速まる。落ち着かなければ、起きていることをシャーリーに気づかれてしまう。

「あれは……夢……よ。私の願望なんかじゃ……」

続けられた言葉に、ラルフは耳を疑った。今、シャーリーはなんと言っただろうか。

『願望』。それはどういう意味なのか。

ラルフは期待のあまり、シャーリーに身体をすり寄せてしまう。

「毛布がずれてしまったのね」

すると、シャーリーはラルフの肩口まで毛布を上げてくれようとした。気遣いは嬉しいが、今は先ほどの言葉の意味が知りたかった。

ラルフはさらにシャーリーに身体をすり寄せる。

「……っ」

シャーリーの身体が強張るのを感じた。そして、頬に義姉の吐息が触れる。

思っていたよりもずっと、顔を近づけてしまっているらしい。

「……だ、だめ……」

甘く苦しげな声が聞こえた。なにが、だめなのだろうか。

こんなにも触れたいのに。お願いだから、口づけさせて欲しかった。

どんな願いでも叶えるから。一生傅《かしず》けと言うなら、そのとおりにする。

ブライトウェル家の資産を使い果たしてでも、望むものをすべて捧げてもいい。だから、シャーリーをすべて与えて欲しかった。だが、シャーリーは震える手で、ラルフの身体を押して引き離そうとしてくる。

明らかな拒絶に、目の前が真っ暗になってしまう。

いやだ。絶対に、逃がさない。

ラルフは眠ったふりをしていることを忘れて、シャーリーの吐息の先を追った。

そして、ふたりの唇が重なる。

「……ん……ぅっ」

義姉の柔らかな唇の感触に、ラルフの全身が歓喜に沸きたった。

ラルフに口づけられたシャーリーの身体は、まるで岩にでもなったかのように硬直している。だが放すつもりはない。

口づけに怯えているのか、シャーリーはカタカタと震え始める。そして顔を離して逃れようとした。ラルフは逃げるシャーリーの唇を追って、いっそう深く口づける。

今を逃がせばもう、こんな風に触れることはできないかもしれない。そう思うと、今までの躊躇が嘘のように、大胆になってしまう。

ラルフは濡れた舌をシャーリーの口腔に押し込み、熱い粘膜を探ろうとした。

「だ、……」

だめだと言おうとしている。そう察知して、ラルフは深く舌を潜り込ませた。

そんなセリフは言わせない。欲しがる言葉しか許さない。

熱い舌を絡め取り、夢中になって擦りつけていく。

「く……ふ……ぅ……、は……ん……っ」

眠っているシャーリーに対して、口づけなんて数えきれないほどしてきた。しかし、今触れているのは、意識のあるシャーリーの唇だ。

シャーリーの抵抗も、快感も、疼きも、震えも、神経を澄ませれば、すべて感じ取れる。

「……ん、んぅ……」

喘ぐ声も、意識のないときとはまったく違う。

堪らなかった。

もっと、もっと、奥まで擦りつけて、溢れる唾液も飲み干し、ぬめる口腔中を舌で掻き回してしまいたい。

「ん、くぅ……っ、あ、……あぁ……っ。こんなこと……しちゃ……」

ビクビクと痙攣する身体を、力の限り抱きしめて、腕のなかに閉じ込められたなら、どれほど満たされるだろうか。

口づけをすればするほど、ラルフはさらなる欲求を感じて餓えてしまっていた。

「ん、ンンぅ……。はぁ……、んん」

ずっとラルフの唇から逃げようとしていたシャーリーだったが、気がつくと、口づけに応え始めていた。思いがけない義姉の行為にラルフは虚を衝かれた。それでも、唇を離すことはできなかった。

「……く……、ん……ふぁ……。ん、んぅ……」

角度を変えて、深く唇を塞ぎ、なんども舌を絡めて、擦り合わせる。

シャーリーが舌の上を擦りつけるたびに、パジャマの奥で滾っている欲望が、ビクビクと脈動した。

おかしくなってしまう。このままでは、義姉の身体を貪るために生きる理性のない獣になってしまう。そんな予感がした。

「……ん……、ふぁ……。舌……気持ち……いい……っ」

シャーリーはついに、甘く誘うような喜悦《きえつ》の声を上げる。

きっと、ふたたび眠りに落ちているか、それとも寝ぼけているのだろう。だとすれば、夢のなかで、義姉に口づけているのは誰なのだろうか？

もしかして、転校生のロニーなのか。そう思うと、ラルフの心に激しい嫉妬が湧き上がった。衝動的にシャーリーの身体にのしかかってしまう。

熱い吐息も、溢れる唾液も、甘い声も、なにもかもが、外に漏れないほど、シャーリーの口腔を激しく啜り上げ、噛みつくような口づけを繰り返す。すると、シャーリーは懸命に、小さな舌を伸ばして絡め返してくる。

やはり夢だと思っているのだろう。それならば都合がいい。

「……ん…っ。いいよ……もっと……」

ラルフは思うまま、情欲の声を囁きかける。すると、シャーリーは信じられない言葉を発した。

「んんぅ……っ。んぅ……。ラルフ。……いっぱ……ぃ、キスして……。……私に……、あ、あふ……」

今、義姉はなんと言った？　幻聴かと疑う。だが、確かにラルフの名前を呼んだ。間違いなかった。

夢は、本人が望まないものでも、強制的に見せてしまうものだ。解っている。期待などしない。しかし、たった今シャーリーと夢のなかでも繋がっているのだと思うと、ラルフは堪らなくなってしまう。

「……もっと……キスさせて」

無我夢中で義姉の華奢な身体を抱きしめる。折れそうに細い肩、温かな体躯、ふんわりとした胸の感触。そのなにもかもに欲情してしまう。

義姉の身体を手放せないまま、ラルフは呼吸を忘れるほど、シャーリーの唇を貪り続けた。

第四章　壊れゆくもの

　恋人同士のような口づけを交わした後だというのに、シャーリーは翌日から、ラルフに素っ気なくなってしまっていた。夢の中のことなど朝になれば忘れてしまうもの。だから、当然なのだが、鬱屈した心は晴らしようがない。

　シャーリーは、生まれて初めてできた恋人のことで頭がいっぱいになってしまっているのだろう。そう思うと、ラルフは思うまま壁を殴りつけたいぐらいに苛立ってくる。だが、傍目にはそれを見せず、笑顔を張りつかせたままだ。ラルフは、鏡やガラスに映る自分の顔が目に入るたびに、吐きそうになってしまう。

　気持ち悪い。どうして鏡の向こうの男は笑っていられるんだ？　この世のすべてを壊したいぐらいに、怒り狂っているはずなのに。

――心が蝕まれていく。

ドロドロと渦巻いた深淵のなかに、ゆっくりと飲み込まれていくような焦燥。

自分に背を向けて、他の男のもとに行こうとする義姉を、組み敷いてしまいたい渇望。

そして、すべて壊してしまいたい衝動。

いっそ、今すぐにでもなにもかも壊してしまいたかった。大切にしていた義姉も、守ってきた地位も、蜘蛛の糸のように自在に操れるように仕込んである人間関係も、なにもかもすべて。

ラルフは、自分を抑えることに精いっぱいで、普段の冷静さを欠いてしまっていた。

やらなければならないことは山積しているのに、頭が回らない。

早くしなければ。このままではラルフの大事な日が、穏やかな気持ちで過ごせなくなってしまう。

「……」

それでも、時間は過ぎていく。

義姉は放課後になると毎日、第二音楽室に行く。見張りはつけてあるため、淫らな行為には及んでいないと確信していた。だが、苛立ちを抑えることはできない。

今日も、シャーリーは隣にいない。代わりに煩わしいものが、近づいてきた。

「一度、あなたを両親に紹介したいと思っていますの」

義姉のことでラルフを脅してきたリリアン・ランドールだった。なんの返答もしていないのをいいことに、ここ数日、ラルフの彼女気取りで纏わりついている。

「悪いけど、そんな暇はないかな」

のらりくらりと誘いをかわす。隙を見せれば変な噂を流されかねない。そのため、ふたりきりになることを避けていた。人目につく場所で話しているせいで、義姉がなんどか物言いたげに、こちらを見ていたことが気にかかる。

こんな女、疎ましいだけだ。すぐにでもそう告げたかった。だが、リリアンにはシャーリーが養女であることを知られてしまっている。迂闊《うかつ》なことはできなかった。それに、シャーリーに男として見てもらうために、恋人だという誤解をまだ解いてはいない。

方々に手を回していたラルフは、今日になってやっと邪魔な奴らについて、調べ上げることができた。

まずは、リリアン。

シャーリーの出生の秘密を盾にして、ラルフの恋人にしろと脅してきた女。

箱入り娘だった彼女は、このローレル・カレッジにやって来て初めて、異性に囲まれたらしかった。若く家柄もよい男ばかりのこの学園で、容姿の優れた女は格別の扱いを受ける。社交界デビュー前で、甘言に免疫がない少女だ。舞い上がったということは想像するに容易い。美辞麗句に酔った彼女は、複数の男子生徒と爛れた関係を持ったようだ。

社交界デビューしたばかりの少女たちが陥りやすい状況だ。もっともそちらでは手練手管に長けた男たちは本気ではなく、一夜の戯れで弄ばれて捨てられることがほとんどだ。

だからこそ、社交界デビューの際、少女たちはお目付役をつけられる。だが、この学園内では使用人を連れて来られないために、そうはいかない。リリアンの両親たちも、授業を受けて帰るだけだからと、油断していたのだろう。

最近の彼女には、どうやら妊娠の兆候が現れているという報告だ。口元を押さえて化粧室に駆け込む姿が頻繁に見られたのだという。

良家の子女には許されざるスキャンダルだ。きっと両親にもそのことを告げられないでいるに違いない。不特定多数の相手と関係を持っているため、誰の子を妊娠したのか解らない。それならばいっそ、両親が認める相手を恋人として紹介し、あわよくば結婚に漕ぎ着けようとしているらしい。しかも、重大な弱みを握っているブライトウェル公爵家の当主が目の前にいるのだ。リリアンが躍起になって誘ってくるのも頷ける。

「これでリリアンを消すのは簡単だな」

ランドール家とは昔から懇意にしていて、リリアンの父のことはよく知っている。

彼に相談と称してリリアンの愚行を暴露し、義姉のことで脅されているが、シャーリーとは結婚を予定しているので公表しても構わないこと、式が済むまで騒ぎになるのは迷惑だということを告げればいい。下手に、リリアンの重大な弱みを握っていると知られれば、娘の一大事だ。父親まで一緒になって脅してきかねない。いずれにせよ、家名を穢したリリアンは、きっと父親に学園を辞めさせられるだろう。だが、知ったことではない。

そして、ロニー・ルゼドスキー。とつぜん現れ、シャーリーの恋人となった転校生。

彼が転校してきてすぐ、シャーリーを口説いたのには理由があったのだ。

邸のメイドを友人と集団で暴行し孕ませた件で、父親の激しい怒りを買ったのが、彼がローレル・カレッジに転入してきた理由だが、そのときに、なによりも没頭していた音楽を禁止され、家にあったグランドピアノも罰として処分されたらしい。しかし、父親の認めるような相手との結婚を決めて、身を落ち着ける日がくれば、ふたたび音楽の道に進んでもいいと、約束されたのだという。寄宿舎に入る前に、友人にそのことを漏らしていたことは調べがついている。

シャーリーは表向き、公爵家の一人娘だ。願ってもない結婚相手だったのだろう。

「どいつもこいつも、人を利用することばかりだな」

人を使って調べさせた自分が言うべきセリフではないのかもしれない。だが、呆れずにはいられない。

人を都合よく利用したいなら、勝手にすればいい。だが、こちらにまで被害が及ぶというのなら話は別だ。

「こちらも手は打ってある」

ラルフは溜息を吐くと、掌で額を押さえる。こめかみが痛む。このところずっと、熱っぽさと倦怠感《けんたいかん》が消えない。まるで悪い夢にでも囚われている気分だ。

＊＊　＊＊　＊＊

いつもの放課後なら、迎えの馬車が着く頃までにシャーリーは学園の玄関先に来ている。

だが、今日はその姿がない。

ラルフは嫌な予感がして、急ぎ第二音楽室に向かった。すると、廊下の角を曲がろうとしたところで、荒立った声が聞こえてくる。

「おい、シャーリー」

それは、入学当時からシャーリーに心酔している、クレイブ・ハザウェイの声だった。

「どうかしたの？」

シャーリーは怯えた声で答える。急いで間に割って入ろうとしたとき、クレイブが彼女に尋ねた。

「転校生の野郎と付き合っているって本当か？」

「……ええ。そうよ」

躊躇いがちにシャーリーが答える。すると、壁を殴るような音が聞こえてくる。

「……ちっ。お前は男が苦手なんじゃなかったのか。どうしてあんな転校してきたばかりの奴を選んだんだ。この私が花嫁にしてやると言っているのに」

それはラルフも知りたい話だった。思わず足をとめて、耳を澄ませた。

「……ロニーは優しいから……」

優しい。たったそれだけのことで、シャーリーはあの男を選んだというのか。

ラルフは愕然とした。

「私だって優しくしてやっただろう。あの男のなにがよかったんだ」

クレイブが苛立った声で尋ねる。それを言うなら、ラルフほどシャーリーに優しくしている男はいないと断言できる。いったい、なにが自分に足りないというのだろうか。

「……ピアノの音色が、とても素敵だったから……」

ラルフは開いた口が塞がらなかった。

廊下を歩いていたとき偶然に、ロニーのピアノの演奏を聴いたことがある。だが、卓越した技量を持っているわけでもなければ、目覚ましい才能の持ち主でもない。ただ甘い音色を奏でることができるだけだ。ラルフは大概のものを楽にこなすことができる。あれぐらいなら、余裕で演奏できるだろう。

「バカなことを言うな。……少し腕がいいぐらいのピアノの演奏で、相手を決めたなんて言われて、納得できるか！」

クレイブが激昂した様子で、声を張り上げた。彼の気持ちは痛いぐらいによく解る。しかし、このまま静観し続けるわけにもいかない。

クレイブは傍目にも、尋常ではないほど怒りを滾らせている。このままではシャーリーに、危害が及んでしまう。

ラルフは足早に駆けて行くと、シャーリーとクレイブの間に立った。

「姉さんに振られたからって、八つ当たりはやめてくれないかな。だいたい、クレイブのやってることって、恫喝と同じだって気づいたら？」

鋭い眼差しでクレイブが睨みつけてくる。だがラルフも、静かに彼を見返した。

殴りかかられることを想定して、ラルフはそっと軽く握りこぶしをつくる。

「ラルフ……」

シャーリーはホッとした様子で、背中にしがみついていた。細い身体がガタガタと震えてしまっている。そのことに気づいたのか、クレイブは悔しげに唇を噛むと、忌々しげな表情で去って行った。

「……あ、……ありがとう……ラルフ……」

お礼を告げながらも、シャーリーの身体は哀れなぐらいに震えてしまっていた。

「助けるのなんて当然だよ。お礼なんていらない。それより早く帰って、夕食にしよう。今日はローストビーフにしてって、頼んでおいたんだ」

内心の動揺を抑え込むと、ラルフは無邪気な弟を演じる。しかし本当は、先ほどのクレイブ以上の怒りが心中に渦巻いていた。同時に、頭の芯がひどく冷めていく。シャーリーを大切にしたい。そう願いながらも、今すぐにめちゃくちゃにしたくて堪らなかった。

シャーリーはカタカタと震えている。こんなとき、優しい弟なら手を握るはずだろう。そう判断して彼女の手を握ってやる。すると、シャーリーは真っ赤になって俯く。

そんな表情が男を狂わし、勝手な期待を抱かせるのだと、怒鳴りつけてやりたかった。乱れそうな呼吸を整えると、ラルフは穏やかな弟の仮面をかぶる。そしてシャーリーに尋ねた。

「どうかした？」

黙り込んだままの義姉に声をかけると、シャーリーはフルフルと首を横に振った。

「なんでもないわ。それより、明日はお出かけするから、留守番をよろしくね」

思いがけない言葉に、ラルフは愕然とした。シャーリーは街に出かけるときは、いつもラルフを連れて行く。留守番をしろと言われたのは初めてだ。ラルフは耳を疑った。

もしかしたら、デートに行くつもりなのだろうか。

「ええ!?　明日は一緒に街へ買い物に行きたかったのに、ひどいよっ！　出かけるなら僕も一緒に行く」

「……デートだからだめ……」

探りを入れてみると、シャーリーはあっさりそのことを認めた。

「デート？　僕を連れてってくれないんだ？」

わざとしょんぼりとした表情で、甘えてみせる。

「だめに決まっているでしょう」

初デートなのだから、邪魔されたくないらしく、シャーリーはあっさり拒絶した。

連れて行ってくれないなら別に構わない。他の方法で邪魔するだけだ。

「お土産を買って来るから」

なにもいらない。だから、家にいて欲しい。そう思いながらも、ラルフは作り笑いで顔を綻ばせた。

「それなら帰りにリリー&ジョニーのチョコレートブラウニー買ってきて」

チョコレートブラウニーぐらい邸のコックに作らせればいい。わざわざ頼んだ理由はひとつ。その店は売り切れる時間が早いため、手に入れるためには、デートを早めに切り上げなければならないからだ。

「嫌って言うなら、ふたりの後ろをつけて邪魔するかもよ」

どちらにしてもデートの邪魔はするつもりでいた。だが、シャーリーはラルフの言葉を冗談だと思っているらしい。

「もう、ラルフったら、そんなことばっかり言って」

シャーリーは呆れたように笑いながらも、ラルフの髪を撫でてくれた。

優しい感触に目を細めながらも、ラルフは気づかれないように溜息を吐く。

よりによって、明日なのか。

「明日は、シャーリーと一緒に過ごしたかったな」

「ごめんね。ラルフ、来週は一緒にいるって約束するから」

来週では意味がない。明日でなければならないのだ。

――明日は、シャーリーが養女に来た瞬間、この世から消された扱いになってしまったラルフの本当の誕生日だった。

養女であるにもかかわらず、シャーリーの誕生日に合わせて、ふたりは双子として扱われている。ラルフの誕生日を祝うものは、もう誰もいない。

だからせめて、いつも以上にシャーリーに甘えて彼女に優しくしてもらうことで、自分を慰めていた大事な日。皮肉なものだ。よりによって、その日がシャーリーの初デートの記念日になるとは。

ラルフの心は次第に、うつろな闇に沈んでいった。

＊＊　＊＊　＊＊

最悪の気分で迎えた朝。

ラルフが眠っていると信じて、こっそりと準備をして出かけようとしているシャーリーに気づかれないように先回りをした。

いつもの数倍の量の睡眠薬を飲ませてロニーとのデートをすっぽかさせようかとも考えた。だが、いくら副作用がないとはいえ、強過ぎる薬は毒になる。シャーリーに危ない真似はできない。だから仕方なく諦めた。

ラルフはふたりが会う場所を知っている。寄宿舎の寮監に、ロニーの外出届を却下させたからだ。ロニーは学園の敷地内から出ることはできない。校舎は閉まっているため、外部から入れるのは、図書館か食堂だけだ。

姑息な手段だと解っていた。しかし、なにもせずに手をこまねいて見ているなんてできなかった。さらに、もしもロニーが、こっそりとシャーリーを寮に連れ込んだときは、すぐに処罰できるように、厳重に見張らせている。

ロニーは外出届を却下された後も、シャーリーのもとに手紙を言づけなかった。だとすれば、初めから待ち合わせ場所は、学園内だったということになる。

図書館と食堂のどちらも、理事長室の窓から見える位置にあった。ラルフはふたりの待ち合わせ場所を図書館だと見当をつけて、図書館の中二階にある持ち出し禁止の本が集められた書庫に向かった。

ここに入れるのは教職員だけと決まっている。生徒たちは、この場所の行き方すら知らない。さらにマジックミラーになっているため、向こうからは、こちらの姿を見ることはできない。監視するには、ちょうどいい場所だ。国内外から集めた六万冊の蔵書がある広い図書館だったが、上からならすべて見わたせる。じっと階下を窺いながら、ラルフはふたりの訪れを待っていた。すると、ほどなくしてシャーリーがやって来た。彼女は分厚い本を棚からとり読み始める。

だが、いつまで経ってもロニーは現れない。もしかして、あの男は約束をすっぽかしたのだろうか？

ラルフは怪訝に思いながら、シャーリーを見つめていた。すると、一時間以上経った頃に、ようやくロニーが現れる。

声は聞こえない。代わりにラルフは、離れた場所にいるロニーの唇の動きを読む。

『早いね』

ロニーはそう呟いた。どうやらシャーリーはデートの待ち合わせ場所に、だいぶ早くやって来ていたらしい。それほどデートが楽しみだったのだろうか？

ラルフは冷たい眼差しを階下に向ける。

ふたりは笑みをかわしていた。ロニーの言葉にシャーリーがなにか驚いた様子で息を飲む。

なにもかもが腹立たしい。今すぐに彼らのもとへ行って、シャーリーの腕を掴んで邸に戻りたくなる。

無様でも構わない。それでもいいから、ふたりを引き裂いてしまいたかった。

苛立ちを抑えて見下ろしていると、ロニーがシャーリーの手に掌を重ねた。

「……なっ……！」

ラルフは狼狽のあまり息を飲む。シャーリーに触れていいのは、自分だけだ。他の男になど触らせない。だが、シャーリーは困惑したように、ロニーから離れた。

男性に免疫のないシャーリーはやはり、触れられることが苦手らしい。

しばらくふたりは、図書室で本を読んでいた。その後談話室に行き、チェスやカードを楽しんでいたらしい。

談話室内は持ち駒に監視させた。話を聞けば、ロニーは穏やかな容姿に似合わず、大人げない男だった。女相手に本気で戦い、負ければ機嫌を悪くする。

愛する者とのゲームは、相手との穏やかな時間を愉しむためのものだ。相手の心理を読み、己が負けてでも、様々な感情を引き出すようにするものだろう。本気で勝ちにいきたいなら、賭博でもすればいい。

シャーリーは嬉しいときは心から笑うし、悲しいときは瞳を潤ませ、怒ったときは唇を尖らせる。そんな表情を見ているだけで、ラルフは幸せになれる。別に勝ち負けなど構わなかった。自尊心だけが大事な男に、シャーリーとゲームをする資格などない。そう言いたくもなる。だが、どれだけ論理的に腹を立てても、結局は嫉妬だ。

ラルフが腸《はらわた》を煮えくり返らせている間に、昼食の時間になった。

ふたりは理事長室からよく見える庭園のベンチで、肩を並べて食事し始めた。

ランチボックスから取り出したサンドウィッチの形は、ラルフがよく知っているものだ。

ハートや星など、クッキーの型抜きで繰りぬいている一口サイズの愛らしいサンドウィッチ。あれはシャーリーの手製のものだ。

朝早く起きて、なにかしていると思ったら、どうやらロニーとのデートのために、昼食まで用意していたらしい。

今まで、その手製のサンドウィッチを食べられたのは、ラルフだけだったのに。そう思うと、シャーリーに対してすら苛立ってしまう。

人の気も知らず、ふたりは和やかに食事をした後、食堂に場所を移した。

ロニーはサンドウィッチがあまり好きではなかったらしく、ネギとポテトを使ったスープと、レモンカードトーストを注文して、シャーリーは紅茶を頼んでいた。

少しぐらい嗜好が合わなくても、恋人が作った料理なら残さず食べるべきだ。

ラルフはロニーのすべてが気に入らず、見ているだけでいっそう苛立ってしまう。

あんな男よりも、自分の方がシャーリーを幸せにできる。それなのに、どうして義姉はロニーを選んだのか、疑問でならない。

その後、ふたたび図書館で本を読んだ後、早い時間にふたりはデートを終えて帰っていく。

シャーリーが向かったのは街の方向だ。ラルフの頼んだチョコレートブラウニーを買いに行こうとしているらしい。なにごともなくデートが終了したことに、ホッと息を吐く。

シャーリーより先回りして邸に戻ろうかと、ラルフが考えたとき――。

ロニーがちょうど理事長室の窓の外の辺りで、数人の友人たちに取り囲まれているのが見えた。

窓の向こうから、声が聞こえてくる。

「今日は決めるって言ってたんじゃないのか。せっかく寄宿舎に女連れで忍び込む方法を教えてやったのに」

ニヤニヤと笑う友人に対して、ロニーが言い返す。

「案外つまらない女だったから気分が乗らなかったんだ。まあ、卒業まで時間はたっぷりある。将来のためにも、それまでに結婚したくなるように仕向けるつもりだよ」

その言葉を聞いたラルフは、ザッと血の気が引いていく。

大切なシャーリーをつまらないと言ったのか？　ラルフは耳を疑った。そしてこんな奴に、彼女はのぼせ上がっているのだ。そう思うと許せなかった。ロニーだけではない、シャーリーも同様に。

ラルフはすぐさま外に駆け出しロニーたちを殴りつけたくなるのを、懸命に堪えた。握り締めた拳のなかで爪が肉に刺さり、血が滲み始める。

こんな愚かな奴らでも、貴族の子息だ。親から預かっている手前、理事長という立場で建前もなく暴力を振るうわけにはいかない。

彼らの処分は後にして、ラルフは踵を返し、シャーリーの後を追った。

＊＊　＊＊　＊＊

本当は先回りして邸に帰り、シャーリーの帰りを待つつもりだった。だが、あまりの腹立たしさに、すぐに家に帰る気がなくなってしまったのだ。

買い物帰りのシャーリーを呼び止め偶然を装い、一緒に帰ろうと考えていた。だが、街に向かったラルフは、思いがけない光景を目の当たりにした。

辻馬車を呼び止めることができなかったシャーリーが、歩いて邸に戻ろうとしている姿だ。仕立ての良い服で、すぐに良家の子女と解る。無防備にもひとり歩きするなんて、危険過ぎる。

案の定、シャーリーの後を、柄の悪そうなふたり組が追って行くのが見えた。

ここから邸までは、決して近くはない。冬が近づいて、日が沈むのも早くなっている。辿り着く頃には、辺りは真っ暗になっているだろう。少し考えれば解ることだ。

ラルフは慌てて後を追う。ふたり組の男に気づかれないように、邸への帰路を辿った。

街を抜けるとすぐに、長閑《のどか》な牧草地が広がっている。

このリジェイラ王国で、ブライトウェル家の領地はもっとも美しい地方だと言われている。

青々と茂る牧草地では羊毛産業が盛んだ。はちみつ色をした石造りの建物の多くは、蔦で覆われていて、風情のある佇まいをしている。街の人たちは花が大好きで、庭や窓は様々な植物で彩られていた。森は緑を湛えていて、湖から流れる川のせせらぎは、心を穏やかにする。領地の中心にある国内最大のレヴァイア湖は、近年漁業でも成功を収めていて、養殖も行っていた。

ここに住む人たちはとても親切で優しい者たちばかりだ。だが、発展した街には、流れ者も多く集まる。シャーリーのように、誰も疑わずに生きて行くことは不可能だ。

シャーリーは今、牧草地の脇の馬車道を早足で歩いているところだった。風に流れて聞こえてくる男たちの話は、耳を覆いたくなるものばかりだ。

どうやら男たちは、生垣の向こうにシャーリーを連れて行き、身ぐるみを剝いだ挙句に暴行しようとしているらしかった。

今、自分がここにいなかったらと考えると、ゾッと血の気が引いた。

そうして、馬車道に人気が消えた頃、男たちが動いた。憲兵を呼ぶ間などない。

ラルフは駆け出して、素早く彼らの前に回り込む。

「なんだぁ、お前？」

男たちが睨みを利かせるなか、ラルフは薄く笑って彼らに近づく。

「ちょうどいい。やっと憂さが晴らせる」

シャーリーが恋人をつくったあの日からずっと、鬱屈した心を抑えていた。

こんな暴漢たちが、どうなろうと知ったことではない。痛い目を見たとしても、同じことをなんどでも繰り返すのだから。

ラルフは一人目の男の腹を、鋭い拳で殴りつける。すると、肋骨の折れる鈍い音が聞こえた。間髪容《い》れず、そこをもう一度殴りつける。

屈強そうな男は、血を噴いてその場に跪いた。どうやら内臓に肋骨が刺さったらしい。

「……お前らみたいなゴミが、触れていい女じゃないんだよ。シャーリーは。……死ねよ、今すぐに」

「この野郎っ！」

もうひとりの太った男が鞘《さや》から抜いた厳めしい短剣の柄を握り締め、こちらに駆けてくる。だが、ラルフはその鋭い刃を軽くかわして、男の足を引っかけた。

腹の重そうな男は、崩した体勢を戻せずに倒れ込む。その先にいるのは、口から血を吐いた仲間の男だ。

「なっ！　あ、兄貴っ！」

跪いていた男は運悪く太った男の刃で首を掻き切られ、そのまま力なく地面に伏した。

「許さねぇっ!!」

太った男が声を上げる。

「そんなことを言っても、その男を殺したのは、お前自身だろ？　逆恨みは困るな。悲しいなら後を追えばいいんじゃない？　その方が僕の領地からゴミが減って助かるし」

ラルフの言葉を聞いて、太った男は激昂した。ブンブンと短剣の刃を振り回してくる。

「死ねっ！　兄貴の仇っ」

あまり頭のよくない男のようだ。ひどく耳につく甲高い声に、虫唾《むしず》が走る。

こんな奴を相手にするよりも、早くシャーリーの後を追わなければ。それにしても、義姉は一日になんど危険な目に遭えば気が済むのだろうか？

ゴミを相手にしている間にも、もしかしたら、また自ら危険に身を晒しているかもしれない。だが、太った体躯の男は執拗に、必死の形相で短剣を振り回し続けている。

「だから、そこの男を殺したのは、お前だって言ってるのに」

ラルフが男の手首を強く殴りつけると、相手は短剣を地面に取り落とす。慌てて拾おうとするので背中を蹴りつけた。すると、握り締めた短剣の切っ先を、男は自らの胸に突き立ててしまう。

「……ゴミの挙句にバカだったの？　救いようがないな。でもちょうど死ねてよかったんじゃない」

ラルフは嘲るように笑うと、男たちの亡骸《なきがら》を置いたまま、シャーリーの後を追った。

＊＊　＊＊　＊＊

暴漢たちを始末するのに思いがけず時間を食ってしまったが、シャーリーにはすぐに追いつくことができた。危ない目には遭っていなかったらしい。

義姉は自分の置かれていた状況にも気づかず、鼻歌混じりで邸に向かっていく。

ラルフは無性に腹が立っていた。

今日は自分の誕生日だ。本来ならば人に生まれてきたことを祝福され、楽しい気分で過ごすはずの日。

それなのに、シャーリーと双子で通す限り、誰にも祝われることもない。声すらもかけてもらえない。

哀れな自分が今日という日にしてきたことは、ごろつきどもの始末だけだ。

ラルフが陰で助けていなければ、シャーリーはロニーに身体を貪られ、帰りには暴漢に凌辱されていただろう。義姉を助けたのは、今日が初めてではない。

ラルフは父の魔の手からも、ずっとシャーリーを守ってきたのだ。父の狂気を知ったあの日から、ラルフに本当の眠りが訪れたことはなかった。すべて、シャーリーのためだったのに。

バカな男に入れあげて、なにも知らずに愛嬌を振りまく愚かな義姉のために、ラルフは人生を捧げてきたのだ。

そう思うと、どうしようもなく腹が立ち、許せなくなってくる。

ふと、亡父が自身の誕生日を前にしてシャーリーに告げた言葉が思い出された。

『そうだな。お前が十六歳になった記念に、特別なものをもらおうか』

どれだけ大切にしても、あんな愚かな生き方をされたのでは、いつまでも守りきれるものではない。

いつかは、ラルフの知らぬ間に、義姉の純潔は穢されてしまうに違いなかった。

――それなら、いっそこの手で。

誰かに奪われるぐらいなら、この腕のなかで義姉を凌辱し、閉じ込めてしまおう。

「は、はは……ははは……」

笑いが込み上げてくる。一度笑い出すととまらなかった。あれほど目の前が真っ暗に染まっていたのに、今は楽しくて仕方がない。

ポケットに入っていたスカーフを取り出す。そして、足を忍ばせてシャーリーに近づいた。

さっき暴漢を殴ったときは、肋骨を折ってしまった。

だからシャーリーにはうんと手加減しよう。意識さえ奪えればいい。華奢な身体なら簡単に倒れるだろう。

ラルフは後ろからシャーリーを襲って、スカーフで彼女の視界を覆う。そして、狼狽するシャーリーの腹部を軽く打ちつけ、意識を奪った。

＊＊　＊＊　＊＊

気絶したシャーリーを後ろ手に縛り上げて、ぐったりとした身体を担ぎ上げると、ラルフは邸へと向かう。

ずっとこのときを待ち望んでいた。もっとも、初めて彼女を抱くときは、想いが通じ合えた後だと信じていたが。

こんな醜い感情をぶつけるつもりではなかった。それでも後には引き返せない。

邸に辿り着く。見慣れた場所のはずなのに、どこか寒々しく見える。

辺りはだいぶ薄暗くなっていたが、数多くの部屋に灯りが灯されているため、庭園に置かれた石像や花々も、ぼんやりと邸の光を反射して浮かび上がっている。

気を失ったままのシャーリーを芝生の上に横たえると、道具を片づけていた園丁が驚いた様子で話しかけてくる。

「旦那様。……お嬢様はどうなさったのですか」

勤めている邸の令嬢が、目隠しされ、気を失った状態で当主に運ばれて来たのだから、驚くのは当然だろう。

「邪魔しないでくれる？　今から僕たち、ここで愛し合うんだ。皆にも邪魔をするなって言っておいて」

つまり当主としての命令だ。邪魔をした使用人は容赦なく解雇するつもりだ。

室内にいる数人の使用人たちが、様子がおかしいことに気づいたのか、不安げにこちらを見つめてくる。

「……いったい……」

「愛し合うって言い方じゃ解らない？　セックスだよ。膣にペニスを挿入して、腰を振るって言ってるの。見たいならそこにいてもいいけど、声を出したら家族ごと死ぬよ」

一刻も早くシャーリーの甘い身体を味わいたいラルフは、冷ややかな眼差しを園丁に向けて、静かに告げる。

「ひ……っ。し、失礼しました」

使用人たちは邪魔することはない。それは解っている。

ラルフは毎夜、シャーリーと共に眠り、リネンを精液で濡らしている。ラルフの手で、気づかれないようにリネンを交換しているが、それを洗うのはメイドたちだ。

ふたりに性的な関係があることは気づいているだろう。しかし、義姉に睡眠薬を盛っていること、それに、彼女がまだ処女であることを知っているのは自分だけだ。そう思うとひどく楽しかった。

腹を殴って気絶させただけだから睡眠薬を盛って行《おこな》っている夜ごとの戯れとは違う。義姉はもうすぐ目覚めるだろう。そのときは、誰とも解らない相手に身体を貪られている恐怖に震えて、泣き叫ぶかもしれない。

きっと、ルゼドスキーの邸で酒に酔った学生たちに輪姦されたメイドと同じように、絶望するだろう。

ラルフは吐き気がするほど嫌悪していたロニーたちと同じことを、愛するシャーリーに対して行おうとしている。

たとえ直接に手を下さずとも、見ているだけで同罪だ。真実を知れば、シャーリーは使用人たちにも嫌悪するだろう。忌まわしい事件の起きたこの邸から出ていってしまうかもしれない。

けれど、それでもラルフは今から、暴漢のふりをして義姉の純潔を穢し、彼女を永遠に自分だけのものにする。そして。今から行うことは、シャーリーには永遠に秘密だ。

じっと義姉の肢体を見つめていると、彼女が微かに身動ぎする。どうやら意識を取り戻したらしい。

これから、弟だと思っている相手によって、卑劣な行為をされるとも気づかずに。

「……ここは……?」

シャーリーは後ろ手に縛られた腕を動かし、目を覆われているにもかかわらず、首を動かして辺りを窺っていた。

まさか攫われた先が、自分の住んでいる邸だとは思ってもいないだろう。

シャーリーの唇は青ざめていて、恐ろしさのあまり息を乱している。

「……はぁ……、はぁ……っ」

彼女は身体を起こそうとした。しかしすぐに折り曲げてしまう。

「う……っ。うっ……、く……ッ」

気絶させるときに軽く叩いた腹にまだ圧迫感が残っているらしい。

申し訳なさに手を貸したくなる。だがラルフは、義姉に触れる直前に掌をギュッと握り込んだ。

ラルフが躊躇している間に、シャーリーは身体を捩って立ち上がろうとした。だが、おめおめと逃がすつもりはない。青々とした芝生の上に、ふたたびシャーリーの身体を押し倒した。そして、ゆっくりと胸のリボンを解く。

「……あっ、や、……やぁ……っ。誰……っ、誰なの……」

義姉の声は哀れになるほど震えていた。いっそ名乗ってやろうかと、狂気じみた考えが浮かぶ。ラルフは唇を開きかけるが、グッと堪えた。これからもラルフはずっとシャーリーの傍にいるつもりだ。ここは我慢しなくてはならない。

怯えたシャーリーが、少しずつ後ろに下がって、こちらと間合いを取ろうとしている姿が目に映る。

もしも先ほどラルフが助けられずに、他の男がこのようにシャーリーを組み敷くことになっていたら。想像するだけで、焦燥とも呆れともつかない感情が渦巻く。

「く……っ……、ん……っ」

ここで行為をやめても、他の男がシャーリーを手に入れるだけだ。そう自分に言い聞かせて、ラルフは無理やり義姉の胸倉を摑んだ。

「いやぁ……っ」

恐怖に満ちたシャーリーの声が庭園に響く。きっと邸のなかにまで、この声は聞こえているだろう。頭の隅で淡々とそう考える。

シャーリーは足をばたつかせて逃げようとしていた。かわいそうだ。そんな言葉が浮かぶが、感情は凍りついていた。護身用に持っているバタフライナイフを開き、鋭い刃を繰り出すと、無理やりドレスの上着を引き裂いた。

現れたのはコルセットだ。シャーリーは眠るときはいつも、下着をつけていない。そのため、彼女が実際にコルセットを嵌めている姿を見ることはないに等しい。薄衣のときは、いつも乳首が透けているのだ。誘っているとしか思えない姿を見るたびに、男として認識されていないことを自覚し、泣きたくなったものだ。だが、今は違う。彼女は純潔を奪われそうな状況を理解し、怯えている。

「……」

ラルフは固く締め上げた紐の構造を眺め、面倒だと判断した。それもナイフで裂いてしまう。現れたのは、柔らかな胸と艶めかしいウエストラインだった。

やっと、シャーリーを抱くことができる。そう思うと、ラルフの身体にブルリと震えが走る。

気が狂いそうなほど、滾る欲望のまま、彼女を思う存分貫きたいと願っていた。

今日が、その日なのだ。そう思うだけで、身体が滾ってくる。

失われた誕生日のプレゼントを、一度にもらえるだけだ。自分は間違ってない。

——だが、そのとき。

「……ラルフッ。……助けて……っ」

泣き濡れた声で、助けを呼ぶ声が響いた。

シャーリーは暴漢の正体が弟だと気づいているのだろうか？　緊張に身体が強張る。

いや、解るわけがない。スカーフで目を覆ったとき、シャーリーはこちらを振り返らなかったのだから。

それにさっきも、彼女は犯人と思しき相手に対して、誰なのかと聞いていた。彼女が名前を呼んだのは、助けて欲しい相手だ。

　恋人ではなく、ラルフに助けを求めたことに、歓喜が湧き上がる。だがすぐに、ラルフは義姉を攫ったのが邸の近くであることを思い出した。それならば、弟に助けを求めるのは当然だ。

　一瞬の歓喜が馬鹿らしくなる。

　ラルフは先ほど引き裂いたシャーリーのドレスの上着を摑んで、左右に押し開いた。

　コルセットの紐も切ってしまっているため、溢れんばかりに胸の膨らみが零れている。

　ふわりとした柔らかい胸に、ベビーピンクの乳首、そして折れそうに細い腰。

　極上の果実を、揉みしだいて、舐めしゃぶって、声が嗄れるまで喘がせたかった。

「放して……っ！　……いや、いやぁ……っ！」

　いくら騒いでも助けは来ないし、抗えば抗うほど、ラルフは高ぶる。シャーリーはそんなことにも気づかない様子だ。

　ラルフはいつも、意思のない人形のように熟睡したシャーリーの身体を弄っていた。だが、今目の前にいるのは、些細な行為にすら怯えて反応する彼女本来の姿だ。

　拒絶する姿に堪らなく興奮を覚える。

　もっと身体中に触れたかった。

滑らかな頬の美しさに見惚《みほ》れながら唇を奪おうとした。しかし、シャーリーはいきなり声を上げる。

「いや……っ、唇には触れないで……、こ、ここは……ラルフにしか……」

どうやらシャーリーは、恋人とは口づけすら交わしていなかったらしい。

天に感謝したい気持ちだった。だが、シャーリーにしてみれば、ファーストキスは弟に盗まれ、処女を暴漢に奪われるのだから、神を恨みたい気持ちに違いない。

『唇は、ラルフにしか触れられていない』

素晴らしい言葉だ。ラルフは、今は決してキスしないことに決めた。

唇を重ねられないのなら他の場所に触れよう。そう思って、義姉の顔を見つめていると、小刻みに震えている耳朶が目に入る。まるで肉食獣に狙われた小動物みたいだった。

そんなに怯えなくても、ゆっくり優しく処女肉を貫くつもりだ。初めて雄を受け入れるシャーリーを気持ちよくして、我を忘れるぐらいに感じさせたいと願っていた。

それを証明するように、ラルフは彼女の耳朶にねっとりと舌を這わせていく。

「……あ……ぅっ」

シャーリーの身体がビクンと跳ねて、そのまま、ガチガチに強張ってしまう。ここは性感帯のはずだった。

眠っているときの義姉の反応を思い出し、ラルフはなんども熱い舌先で耳殻を擽る。

「は……はふ……、ん、んぅ……」

思った通りだった。シャーリーの鼻先から、くぐもった熱い息が抜けて、淫らな声が次第に漏れ始める。ヌルヌルとラルフの舌が蠢くたびに、義姉の身体がビクビクと跳ねた。

「……や……ぅっ。……ひ……ンンッ」

意識のあるシャーリーは、いつも以上に敏感に反応してくる。これでもっと感じる場所に触れたら、どうなるのだろうか？

ラルフは期待と歓喜に胸を高鳴らせながら、ごくりと唾を飲み込む。

耳殻に執拗に舌を這わせ続けると、シャーリーが身体を震わせながら訴える。

「……やめ……てぇ……っ、いやぁ……」

たとえ恐怖に震えていても、愛らしい声だ。胸が打ち震える。

耳裏を舐めると、シャーリーの髪が鼻先を擽り、甘い香りが漂った。もっとその芳しい香りを嗅いでいたくて、ラルフはなんども舌を上下にさせる。

「ん、……んぅ……、し、舌……いや……ぁ……」

仰け反るシャーリーの首筋や顎《あご》も、ラルフの標的になった。彼女は、息の根をとめられそうな子兎《こうさぎ》のようにガタガタと震えている。

頼りなげな姿を見せても、余計に欲望を煽るだけだとも気づかない様子だ。

ラルフはいたずらに胸の膨らみを摑みあげ、ゆるゆると揉みさすっていく。すると、感じやすいシャーリーの乳首が、ツンと固く上向いた。

「……っ」

シャーリーは息を飲んで身体を強張らせる。男の掌のなかで、乳首が淫らに形を変えるのを自覚するのは、初めてのはずだ。そう思うと、もっと感じさせたくて、いやらしく胸を揉みながら、薄赤い突起を熱い口腔で咥え込み、強く吸い上げた。

「は……ふ……っ、く……ンぅ……」

シャーリーは感じていることが認められずに、声を押し殺そうとしていた。だが、ラルフは彼女の身体を知り尽くしている。次にどうすれば声を上げるかなんて、手にとるように解っていた。

乳首の愛撫を施した後は、腹部が敏感になっている。擽ってやれば、シャーリーは必ず声を上げるはずだ。

「やぁ……っ！　あ、あっ！」

思った通りだった。

甘い喘ぎを耳にしながら、ラルフは勝ち誇ったようにほくそ笑む。自分はシャーリーのことを誰よりも知り尽くしている。他の男になど渡さない。

自分は誰よりも彼女を気持ちよくできる。

シャーリーは、男を知らぬ身体で、こんなにも激しく反応してしまうことが受け入れられない様子だ。

「あっ、あぁ……。……ど……して……っ、あ、ぁ……」

寝ている間に淫らな身体へと変貌させられていた。そんなことに自身で気づけるわけもない。解らないのは仕方がない。

彼女の媚態を見つめ、ラルフは満足げに顔を歪める。そのまま、透けるように白い腹部を啄《ついば》み、赤くなった肌を舌先で擽った。

「……やぁ、そこ……、いやぁ……」

シャーリーは甘い声音を上げながらも、首を横に振って快感を認めようとしない。

ラルフは徐々に下肢へと唇を辿らせて、乙女の秘処へと向かっていく。

「お願いだから、……も……っ、放して……」

願ったぐらいで人を思うままにできるのなら、シャーリーはとっくにロニーと別れているだろう。ラルフは、ずっとふたりが別れるように願っていたのだから。だが、願いは届かず関係は続いている。月曜になれば、あの男はシャーリーに手を出すかもしれない。先ほどの暴漢のような奴らがまた現れるかもしれない。亡父のように、信頼していた人間が裏切るかもしれない。

そんな奴らに、先を越されるぐらいなら、大切にしていた者は自ら、この手で穢してしまった方がいい。

ラルフは、シャーリーがこの行為を決して忘れないように、彼女の身体をくまなく舌で愛撫することに決めた。シャーリーにとっては、痛みを堪えるよりも、感じてしまう方が屈辱だと踏んだのだ。

スカートを捲り上げると、ドロワーズを穿いたむっちりとした太腿と細いふくらはぎが露わになる。

「……うぅ……っ。い……や、あぁ……っ」

扇情的な光景に、今すぐドロワーズを剥ぎ取ってしまいたくなる。だが、順を追ってかわいがるのだと自分に言い聞かせた。

まずはシャーリーの穿いている薄い絹の靴下を脱がす。

陽のあたらない爪先はさらに色白い。桜色の爪がまるで宝石のように美しかった。細部まで美しい造形をしたシャーリーの足先を、ラルフは恍惚と眺める。

すると、強い視線を感じたのかシャーリーは動揺した声で尋ねてきた。

「……っ、なにを……」

舐めるのだと、声には出さず、唇だけ動かして答えた。

熱い口腔で、親指の爪先を包み込み、舌を這わせる。足に口づけるなど、下僕になると誓うも同然だ。しかし、シャーリーの足だと思うと、嫌悪感を抱くどころか、激しく興奮してしまう。

「やっ……ぁ」

舌を伸ばして、指の間を探る。すると、擽ったかったのか、シャーリーはビクリと身体を跳ねさせて、足を退《の》けようとしてきた。

もちろん、そんなことは許さない。この足はラルフのものだ。強引に足を引き寄せると、シャーリーは泣きそうに顔を歪ませた。

「はぁ……、……ぁ……」

息を乱しながら、関節や爪の細部、隅々まで舐めしゃぶり、指の造形を堪能していく。

「……あ、あぁ……っ。やめ……汚い……。んっ、んぅ……」

汚くなどない。それどころか砂糖菓子を舐めているかのような、甘い恍惚が胸に去来していた。もっと、シャーリーのすべてを舐め尽くしたい。

舌に当たる肉の感触がシャーリーのものだと思うだけで興奮する。

愛している、ぜんぶ自分だけのものだ。そう心のなかで繰り返す。

ラルフは足の指だけでは飽き足らず、足の裏や踝《くるぶし》、そして踵《かかと》と、夢中になって舌を這わせていった。だが、これだけでは足らない。もっとシャーリーの隅々まで味わいたい。

足首やふくらはぎを舐め上げ、汗ばんだ膝裏に唇を擦りつけ、ドロワーズを剝ぎ取り、柔らかな太腿を啄む。

「……も……やめて……ぇ……、舐めないで……、私の身体、舐めないで……」

懇願するシャーリーの声は、艶めいていた。そんな声を聞かされたら、やめるどころか、いっそう乱したくなってしまう。嫌がるシャーリーを押さえ込み、ラルフは反対の足にも同じような口淫《こういん》を施した。

そうしてついに、下肢の中心へと辿り着く。

「そこは……いや……っ、お願い。そこだけはいや……っ」

逃げようとするシャーリーの膝裏を摑んで、足を大きく開かせた。そして、胸の方に膝を押しつけさせる。

淫らにヒクついた陰部を、細部まで見つめることができる格好だ。

「……あ、あぁ……っ」

怯える義姉の太腿の内側をきつく吸い上げ、柔肉の感触を愉しんだ後、茂みの奥に隠さ

れているヒクついた陰部に息を吹きかけると、シャーリーの腰が卑猥に跳ねあがった。

そのまま、赤く充血した肉粒へと舌を伸ばして、クリクリと捏ね回すようにして擽っていく。

「んぅ……あっ！　……ふ……っ、あ、あぁ……」

シャーリーは赤い舌をのぞかせながら、甲高い喘ぎを唇から漏らしていた。

熱い口腔で花弁のような突起ごと花芯を咥え込んでやると、ガクンガクンと腰が上下に揺れる。シャーリーが身悶えるたびに、大きな胸の膨らみが豊かに波打っていた。

「いやぁ……っ、やぁ……っ、放し……放してっ」

花芯を赤く膨れ上がらせたまま、腰を振った状況でも、シャーリーは懸命に抗おうとしていた。だが、ラルフが敏感な突起を唇でヌチュヌチュと扱いてやると、あっけなく声を上げる。

「……あ、ああっ！」

そのまま滑った舌先で、肉粒や濡れそぼった陰唇を舐めおろすと、シャーリーはくぐもった甘い嬌声を上げた。

「ひぃ……ぁ……んぅっ、はぁ……、あぁ……っ！」

執拗な愛撫に呼応して、シャーリーの陰唇は、甘い蜜に塗れてしまっていた。噎せ返るほど濃密な女の芳香に、ラルフは熱を奮い勃たせ、そして自らの唇を舐める。

「はぁ……、あぁ……」

シャーリーは濡れた陰部を、足を閉じて隠そうとする。そんなことを許せるわけがない。反対に足を開かせてやる。そして、仕置きだとばかりに、蜜に塗れた濡れ襞を、長く骨ばった指で貫いた。

「ひ……っ」

熱く濡れた粘膜の感触が指先に伝わると、もっと奥まで探りたくなってしまう。

そうして、ヌチュズチュと指を抽送させると、淫猥な蜜が泡立ちながら、媚肉の間に溢れてくる。

「……やぁ……っ、指……抜いて……、挿れないで……、もう放し……っ」

この行為を受け入れなければ、いきなり肉棒を突き上げられるということに、シャーリーは気づいていない様子だ。

ラルフは指を抜くどころかさらにもう一本の指を増やした。指を動かしてみると、熱く震える襞が絡みついてくる。堪らなくなって、ラルフは息を飲んだ。

念願が叶って、やっとシャーリーを抱くことができるのだと思うと、ひどく気が急いた。

だが、まだ早い。

この初めてのセックスで、肉欲に溺《おぼ》れるほど、シャーリーを感じさせるつもりでいたからだ。今日は処女膜を傷つける心配をしてやる必要もない。肉洞の感じる場所を、好きなだけ探ることができる。

指でシャーリーの熱い濡襞を順に擦りつけていくと、彼女がビクビクと痙攣する部分を探りあてることができた。

「ひぃ……ンンッ」

ガクガクと腰を揺らす義姉の姿を前に、ラルフの顔に笑みが浮かぶ。

この部分を、固い亀頭の先端や括れでなんども擦り立ててやれば、いったいどんな反応をするのだろうか？　そう思うと、身体が熱く火照ってくる。

乱してやる。そう強く思う。

決して今日のことを忘れさせはしない。シャーリーの痴態のすべてをラルフが目に焼きつけているように、ふたりが初めて繋がった記念を、淫らな記憶として彼女の心に刻み込んでやるのだ。

ラルフは膣肉をヌチュヌチュと抽送する指の動きを速めていく。そしてもう一本指を増やした。これで三本だ。

「……も……、も……許し……っ」

狭い内壁を押し開くと、シャーリーがヒィヒィと苦しそうに喘ぎながら、懇願してくる。

そんなことを頼まれても、聞き入れるわけがない。

ラルフのペニスはかなりの大きさがある。これぐらいの太さは慣れてもらわなければ、挿入できない。

肉壁を拡げながらも、同時に感じやすい突起やひくついた陰唇を擦りつけていく。

「あ、あ……あぁ……、はぁ……、あぁ……」

シャーリーが堪らず喘ぐ頃、男を知らぬはずの膣奥からヌルついた蜜がとめどなく溢れてくる。

もう限界だった。心臓が壊れそうなほど高鳴り、身体中が熱く火照っている。

ラルフの下肢の中心では、どうしようもなくなるほど熱く肉茎が膨張していた。このまま抑え続けるのはもう不可能だ。餓えた獣のようにラルフが息を乱す。すると、シャーリーは危険を察知したのか、悲痛な声を上げた。

「……いやぁ……っ、もぅ……しないで……」

するなと言われても、まだ、なにも始まっていないのも同然だ。

これからが、本当の行為なのだから。

「……も……、うちに帰して……っくださ……。お願い……」

しゃくり上げながらシャーリーが懇願する。

邸になら着いている。だが、シャーリーは視界を遮られているため、自分の居場所に気づいていない。そして、普段は傅いている使用人たちが皆、彼女を裏切っていることをしらなかった。

憐れみ。同情。そんな陳腐な感情は湧かなかった。

ラルフの心にあるのは、長年積み上げたシャーリーへの欲望だけだ。

上着を脱ぎ去り、ベルトのバックルを外していく。すると、衣擦れの音に気づいたのか、シャーリーがガクガクと震えながら、お尻で後ずさっていく。

「いや……っ、いや……、来ないで……」

露わにしていたシャーリーの足を抱えると、ラルフは彼女の腰を浮かせた。ふと思い立って義姉の柔らかなお尻の下に、白いハンカチを敷いた。破瓜の血を受けとめるためだった。シャーリーの処女肉を貫いた証。まだ手にしていないのに、想像するだけで、いっそう興奮してくる。

そしてラルフはついに、指で押し開かせたシャーリーの可憐な膣孔に、固く膨れ上がった怒張をめり込ませていった。

「……やめてぇ……っ。誰か……、助け……てっ」

狭隘《きょうあい》な肉道が、熱く肉竿を包み込んでくる。男を受け入れたことのない処女肉は痛みにうねりながらギュウギュウと男根を締めつけていた。

「くぅ……んんぅ……っ、ひぃ……っ」

シャーリーは咽喉を震わせて、泣き濡れた呻きを漏らしている。

熱くて、狭い。これがシャーリーの内壁の感触。そう思うと、衝動的に腰を突き出していた。苦しむシャーリーを顧みず、ラルフはさらに奥へと腰を押し進めてしまう。

強張った処女肉は拒もうとしてくる。

受け入れ方を知らぬ肉洞を開くため、ラルフは腰を引いては押し込み、肉棒を穿っていく。ドクドクと脈動する肉棒と、熱く震える襞が、蕩け合っているかのように気持ちいい。

強引に粘膜を押し開かれているシャーリーは、懸命に拒もうとしていた。身体を引き攣らせながら、腰を引かせようとする。

「やぁ……っ、ラルフッ……、ラルフ助けて……ッ」

大切な義姉が助けを求めている。頭では解っていた。だから、一瞬だけ抽送する動きをとめてしまう。だが、彼女の口から自分の名前が紡がれると、まるで心から通じ合い抱き合っているような錯覚を覚えてしまう。

ラルフはシャーリーの足を抱えて、グッと腰を押しつける。

「も、……もう、……いやぁっ！」

ラルフはずっと、肌に触れるだけで堪えてきた。やっと今このときに、シャーリーの膣肉を貫くことができたのだ。

欲望は理性を凌駕して、隠されていた男の本性を引き摺り出してしまう。

そうしてラルフは、無我夢中で腰を振りたくり始めた。

「ん、んんぅ……ッ！　ひぅ……ん、いやっ、……やめて……、突かないで……っ！　あ、あぁ……っ」

濡れそぼった隘路が、収縮する感触が堪らない。

いっそ壊れるほどに、もっと、もっと、もっとシャーリーを突き上げたかった。

ズチュヌチュッ、卑猥な水音が心地よい。そのリズムが耳孔の奥に甘く響き、ラルフは新鮮な感動にいっそう震えを走らせていた。

「……く……っ、んぅ……。あ、あぁっ！」

苦しげに喘ぐシャーリーを、なんども膨れ上がった雄で穿つ。

「は……っ」

呼吸が荒ぶる。気持ちよさに釣られて思わず声を出しそうになった。それを無理やり飲み込む。

そうして太く脈動する肉茎で、肉襞を引き伸ばし、蜜を掻き出しながら引き抜き、固い亀頭で奥まで貫く行為を繰り返す。

「はぁ……、ひぃ……あ……っあぁっ」

シャーリーはビクビクと背筋を震えさせながら、苦しげに鳶色の髪を乱した。

扇情的な姿に、ラルフはいっそう激しい劣情を抱いた。そして縦横無尽に腰を揺さぶる。

赤くうねる襞が捲り上がりそうなほど、亀頭の根元で擦りつける。泡立った蜜がしとどに接合部分を濡らしていた。激しく抽送するたびに、シャーリーの息が上がっていく。

「……いやぁ……、も……もぅ……やめ……、ん、んぅぁ……っ」

腰を、陰唇を拡げるようにグリグリと押し回す。すると、シャーリーは浮かされた腰をガクガクと揺すり、抱えられた足の爪先をビクビクと引き攣らせる。

「あ、あぁ……、いや、いやぁ……っ、ひぃ……んぅっ、許し……っ！」

ただの処女ならば、痛みを堪えるだけで精いっぱいだったかもしれない。だが、シャーリーの身体は夜ごとの愛撫で、男の手で花ひらくように乱されている。今はもう淫らな獣同然だ。

勝手に感じる身体のせいで、シャーリーは言葉では拒絶しながらも、求めるように肉襞を収斂させていた。

濡襞にきつく咥え込まれた肉棒が、ビクビクと脈動する。隘路を突き上げ、最奥を掻き回し、太く膨れ上がった肉棒を引き抜く。

うねる襞の心地よさに、ラルフの理性はいっそう消し去られていく。

「はぁ……はぁ……っ」

シャーリーの細腰を摑みあげて、ラルフは発情期の獣のようにガクガクと腰を打ちつけていった。

「……んぅあ、ん、んぅ……っ。抜い……っ、あ、あぁぁっ」

繰り返される激しい律動に、シャーリーはもう抵抗する力を失ってしまっていた。

ただビクビクと身体を引き攣らせながら、魘されるように抵抗の言葉を漏らす。

「いや、……いやぁ……、しなぃ……で、……も……ぅやめ……」

濡れそぼった熱い襞に肉棒が咥え込まれる感触がこんなにも気持ちいいとは、想像もできなかった。

しかもこれはシャーリーの身体だ。

シャーリーの熱。

シャーリーの吐息。

シャーリーの匂い。

シャーリーのぬめり。

なにもかも彼女のもの。

堪らなかった。彼女の熱い肉襞の感触をもっと味わいたくて、ラルフは肉棒を掻き回すように、腰を押し回してしまう。処女には辛過ぎる責め苦だ。

「……ひぃ……ん、んぅ……っ」

いくら嫌がっていても、身体は完全にラルフの滾る肉棒を受け入れてしまっていた。そうして、シャーリーは激しく仰け反りながら、感極まった嬌声を上げる。

「……あっ、あっ、あっ、あぁぁっ!!」

きつく咥え込むような肉壁のうねりに飲み込まれ、ラルフもまた限界を迎えようとしていた。だが、暴漢だと思い込んでいる相手の子を、シャーリーに産ませるわけにはいかない。

そのまま最奥に吐精したい衝動を堪えて、肉棒を引き摺り出す。そして、シャーリーの下肢に、ビュクビュクと青臭い雄の滾りをぶちまけた。

第五章　誰も知らない楽園《おりのなか》

ずっと一緒に育ってきた義姉を、ラルフは視界を塞いで庭園で凌辱した。

今、腕のなかには、気を失った彼女がしどけない姿で意識をなくしている。

使用人たちは、気まずそうな様子でラルフから目を逸らした。ただひとり、家令のバーナードだけが責めるような眼差しで見据えてくる。

ラルフは素知らぬ顔でシャーリーを腕に抱え、彼女の部屋へと連れて行った。そのままバスルームに向かうと、シャーリーの汗と精液と破瓜の血に汚れた身体を、慣れた手つきで洗ってやる。

夜着は襟がラウンド型になったチュニックを選んだ。それは、胸の下で切り替えになっているため、シャーリーの豊満な胸の形が露わになる夜着だった。

毛布をかけてやると、シャーリーは深い眠りについていく。

まるで眠り姫のような様相だ。

ラルフは、彼女を凌辱した際にお尻の下に敷いていたハンカチをおもむろに取り出し、ほくそ笑む。この大切なハンカチは、母から譲り受けた宝石箱のなかに入れた。白を基調に金彩が施され、全面に葡萄のレリーフがあり、大きなエメラルドの石が嵌められた美しい宝石箱だ。

『大切なものができたら、使いなさい』と言われていたものを、くだらないとクローゼットに投げていたのだが、まさかこんなときに役に立つとは思わなかった。

「こんなに大切なものはないよ。だって大好きなシャーリーとの記念だから」

ラルフは、かつてないほどに上機嫌だった。

義姉が目覚めるまでは——。

ラルフは、いつまでも眠ったままのシャーリーに付き添い、彼女の手をギュッと握り締めていた。だが、伝わってくる手の温もりが心地よく次第に瞼が閉じていってしまう。

義姉が目覚めたときに身体を動かせるように、少しだけ休んでいようと考え、眠りに落ちてすぐのことだった。

冷たい風が吹き込み、ラルフは寒さに身体を震わせた。疲れ切った身体のせいで、瞼がなかなか開かない。しかし嫌な予感がして、無理やり抉《こ》じ開ける。

するとと、ベッド脇にある出窓から、外に身を投げようとするシャーリーの姿を見つけた。

「……っ!?」

まるでシネマトグラフの映像のように、瞼を閉じたシャーリーが、髪を風になびかせながら、ゆっくりと落ちて行こうとしている。

ラルフは慌てて義姉の腕を摑んで、ベッドに引き戻した。

死ぬことを覚悟していたらしい義姉は、このような状況だというのに、どこかぼんやりとしている。

その身体を、ラルフはギュッと抱きしめる。もう少し遅かったなら、シャーリーはこの世からいなくなっていたのだ。そう思うと、今さらながらに心臓がドクドクと脈打つ。

「……ラルフ……？　放し……て……」

放せばシャーリーは、ふたたび窓から身を投げ出すだろう。放せるわけがない。

「姉さんがいなくなったら、僕、独りになるよ。……嫌だ……嫌だっ。……お願いだから、やめてよ」

ラルフはシャーリーを抱きしめて懇願した。彼女に危害を加えた張本人ではあるが、心からの言葉だ。シャーリーのいない世界などラルフにとっては生きている価値もない。

「……ラルフには、……大切な人がいるんだから……、……大丈夫」

この世に大切な人なんて、目の前のシャーリーしかいない。その存在を失いそうになっているというのに、なにが大丈夫だというのか。

ふいにシャーリーは、青ざめて冷たくなった唇を、ラルフの額に押し当ててくる。

義姉がこんな風に口づけてくれるのは、おはようとおやすみのキスをラルフが強請《ねだ》ったときだけだ。

もう眠らせて欲しいと、シャーリーが懇願しているように思えてならない。

だが、義姉は微かに微笑んでくれた。気のせいだったのだ。そう思い、ホッと息を吐く。

安心したのもつかの間、義姉は隙を見てラルフの手をすり抜け、ふたたび窓の外に身を投げようとした。

「だめだってば」

このまま放ってはおけない。

ラルフはシャーリーを引き摺るようにして、階下に直結しているベルの置かれたテーブルに向かった。

ラルフの鳴らしたベルの音にほどなくして現れたのは、家令のバーナードだ。ラルフの部屋のベルを鳴らしても、メイドしか来ないのだが、シャーリーの部屋から使用人を呼びつけると、いつもバーナードがやって来ていた。

「お呼びでしょうか」

バーナードにそのことを詰問したくもなるが、今はそれどころではない。

「この部屋のすべてに内側から鍵をかけて、その鍵は残さず僕に渡せ」

ラルフが命令すると、理由も尋ねずにバーナードは言われた通りのことを遂行する。

鍵がかけられたことを確認すると、鋏《はさみ》、ペーパーナイフ、陶器、ブローチなど、刃物になりそうなもの、窓を割るための椅子や本などの固いものもすべて撤去した。

「姉さんが変な気を起こさなくなるまで、しばらく鍵は外さないから。もし、ここから外に出たいなら、僕に声をかけてから隣の部屋を通って」

そう告げる声が苛立ってしまう。いつもなら優しくするのだが、今はそんな余裕がない。

「そんな……」

義姉は眉根を寄せて、周りを見渡し、いっそう困惑している様子だ。

「誰かを懐柔しようとしても無駄だよ。鍵は僕が持っておく。もちろん開けるつもりはない。僕は姉さんが大事なんだ。言うことを聞いてもらう」

首を吊るような真似を防ぐために、カーテンとドレスも回収すべきだろうか。

そんなことを考えていると、啜り泣く声が聞こえてくる。

「お願いだから、……私のことは……放っておいて……」

なにを言われても鍵を外すつもりはない。

シャーリーを自殺させないためだったが、改めて部屋の惨状を見渡すと、ひどく心が落ち着いた。これで義姉は外に出られない。そう思うと、満足すらしてしまう。

早くこうするべきだった。ラルフは心からそう思った。

シャーリーを誰にも見られない場所に閉じ込め、本当は血の繋がらない姉弟なのだと告白し、結婚を承諾するまで、甘い身体を貪り続ければよかった。そうすれば、危険な男たちに狙われずに済んだのに。

——いや、遅くなどない。これからはちゃんとシャーリーを守っていける。

ラルフは口角を上げて、恍惚とした笑みを浮かべた。

＊＊　＊＊　＊＊

放心したまま食事を摂ろうとしないシャーリーに、ラルフはお手製のホットミルクを手渡した。もちろん睡眠薬入りだ。

暴漢の恐怖を思い出してしまうのか、誰かに触れられることに怯えているシャーリーが痛ましくて、愛らしい。そんな義姉を見ていると、ラルフは無性に抱きたくて堪らなかった。一度触れてしまうと、これほどまで自制が利かなくなるものだとは、思いもよらなかったことだ。

「……今日は、自分の部屋で眠るから……」

暴漢に襲われて、憔悴しきっているシャーリーの隣に、さすがに男である自分が横たわることは躊躇われた。ラルフは気遣う声でそう告げて、静かにシャーリーの部屋を出た。

ふたりの部屋を隔てる扉を閉めたものの、隣の様子が気になって仕方がない。

シャーリーの部屋の窓や扉は施錠されていて、鍵はラルフが持っている。外には出られない。いわば籠の鳥のようなもの。

そこにいればいい。外は、義姉を傷つけるものばかりだ。

ラルフはどんな贅沢《ぜいたく》でもさせてやれるし、女王にするみたいに傅いたっていい。だから、シャーリーには、ずっと部屋のなかに居て欲しかった。

「……シャーリー」

しばらく経つと、シャーリーはじっとしていられなくなったのか、部屋を抜け出そうとした。怯えた様子に激しい罪悪感に苛まれる。それを押し殺して慰めると、シャーリーは大人しくベッドに戻ってくれた。

夜更けになってもラルフは眠れずにいた。睡眠薬を盛ったはずなのに、隣の部屋からはシクシクと泣き声が聞こえてくる。

ラルフは願いが叶って、心から満足していたはずなのに、次第に得体のしれない焦燥に駆られてしまう。

「……やっぱりだめだ」

このまま放ってはおけない。そう思って、ラルフはシャーリーの部屋の扉をノックする。だが、返事はなかった。勝手に扉を開いてなかを窺う。すると、シャーリーが身悶えながら助けを求める声が聞こえる。

「も、……いや……いやぁ……」

暴行されたことを思い出しているのだろうか？　ラルフは息を飲んでベッドに近づく。だが、そこにあったのは、思いがけない光景だった。

「……あっ、……あっ……、ラルフ……」

シャーリーの華奢な指が、柔らかな乳房を摑んでいやらしく揉みしだいていた。それだけではない。裾を捲り上げた格好で、キスマークのついた太腿を露わにして、淫らに濡れそぼった秘肉《ひにく》を指で嬲っているのだ。

清廉なシャーリーとは思えない行為だ。

ラルフが横に立っているのに、シャーリーは気づく様子もない。

感じるままにビクビクと身体をくねらせ、息を乱している。薄紅色に染まった肌が、しっとりと汗ばんでいた。

淫蕩《いんとう》に耽《ふけ》る義姉の姿に、ラルフは呆然と立ち尽くすしかない。

「……ラルフ……ッ」

シャーリーの指が、媚肉の間に深く差し込まれていた。肉襞を割って、奥を突き上げ、引き抜きながら花芯を嬲る。そのたびに、ヌチュヌチュと淫猥な水音が上がる。

「シャーリー……、こんな……」

目の前の光景がにわかには信じられなかったが、これは紛れもない現実だ。

ラルフはベッド脇に腰かける。目の前で、シャーリーは夢中になって自慰を続けている。

どんな夢を見ているのだろうか。

相手は紛れもなくラルフだ。暴漢ではない。

「んっ、んぅ……、あ、あぁっ」

頬を赤く染めたシャーリーが、仰け反りながら甘い喘ぎを漏らす。噎せ返るほどの甘い蜜の香りを嗅げば、もう理性など消え失せたも同然だ。

ラルフはパジャマのズボンをずらして、半勃《はんだ》ちした肉茎を引き摺り出した。そして、シャーリーの媚態を眺めながら、ヌチュヌチュと扱き上げ始める。

「……そんなに濡らして……、気持ちいいの？　ねえ、もっと僕の名前、呼んでよ」

囁きかけるが、返答はない。

シャーリーは自らの指の動きに合わせて、ビクンビクンと身体を跳ねさせながら、悶えるばかりだ。

「あっ、あぁ……や、やぁ……」

どうしてシャーリーがこんな風に自慰をしているのか、ラルフには理解できなかった。

一年もの間、毎夜のようにシャーリーの身体に触れていても、こんなことはなかったのに。

もしかしたら、毎夜繰り返されていた快感を欲して、無意識に身体が動いてしまっているのかもしれない。

「……いやらしいよ。義姉さん」

濡襞を割って、シャーリーの細い指が、ヌチュヌチュと掻き回される。白い喉元をのぞかせる艶やかな媚態を前に、ラルフの息は乱れていく。

自分の掌のなかで、熱く膨れ上がった肉棒が、ドクドクと脈動する。ヒクついた鈴口が、熱くうねるシャーリーの内壁に、挿れてくれと懇願するかのように、透明な先走りの液を滲ませていた。

夕闇のなかで押し開いた、熱い粘膜の感触が脳裏を過《よぎ》る。シャーリーの身体のなかに、今すぐにでも挿りたかった。

「抱きたい……」

ラルフは肉棒をグチュグチュと擦り上げながら、苦しげな声で呟く。

シャーリーはもう処女ではない。肉洞を開いても、構わないのではないか。そんな身勝手な考えが過る。だが、シャーリーが、犯される際に破瓜の痛みに身体を引き攣らせながら悲痛な声を上げていたこと、そして、この部屋に連れて来られた後も泣いていたことを考えると、気が引けてしまう。

「……ひどいことなんて、もうしないから……」

せめてシャーリーの甘い蜜の香りを間近で嗅いで、心だけでも満たされたかった。

いやらしく濡れそぼった指がヌチュヌチュと抜き差しされている秘部を、ラルフは魅入られたように見つめる。

「僕、……シャーリーをもっと、気持ちよくできる……」

ラルフは自ら肉棒を上下に扱きあげながら、赤く蠢いているシャーリーの花芯を舌先で捉える。そして、熱い舌先でグリグリと肉粒を捏ね回していく。

「……ひぅ……、く……っ、いや……っ、そこ舌で弄っちゃ……、だ、だめぇ……」

シャーリーが快感に身体を震わせながら声を上げる。夢のなかにまで、舐め上げる感触が伝わっているのだ。そう思うと堪えられなくなった。

ラルフはふっくらと膨張した肉芽をネチネチと舌先で捏ね回し、夢中になって舐めしゃぶり始める。

「あっ、あっ、ラルフ！　舐めな……で……っ」

夢のなかでも触れているのは、自分。それならば、シャーリーと実際に行為に及んでいるのと同じだ。毎夜繰り返していた、触れるだけの戯れとは違う。これは確かな愛撫だ。

シャーリーはのた打ちながら、熱い吐息を漏らしていた。

「……はぁ……はぁ……、だめぇ……」

拒絶されても、そんな声を聞かされてやめられるはずがない。

溢れる蜜も、甘い喘ぎも、汗ばむ肢体も、芳醇な香りも、シャーリーのすべてはラルフのものだ。

「……シャーリー、……もっと……っ」

蜜口を抽送する指の動きが激しくなると、シャーリーの掌に覆われて花芯を舐めることができなくなってしまう。ラルフはふっくらとした媚肉や後孔にまで、夢中になって舌を這わせていく。

「こんな……溢れて……、指でぐちゃぐちゃにして……」

ラルフは見ているだけでは済まなくなってしまう。

蜜洞《みつどう》に抽送するシャーリーの指に、自分の指を足して、上下に動かした。

「あ、あふ……っ、んぅ……、そこ、グリグリしな……ンンゥッ！」

シャーリーはガクガクと自ら腰を揺すり立てて、もっとして欲しいと強請るようにラルフの指を締めつけてくる。

「……シャーリー……。こんな……っ、すごい……」

熱い濡襞の感触に、ラルフはいっそう熱を滾らせ、脈打つ肉棒を上下させる手の動きを速める。掌のなかで、今にも弾けそうな肉茎を、シャーリーの熱い襞に穿ってしまいたくて堪らなかった。

義姉の淫らな身体が、細い指だけで満足できているはずがない。

もっと、ラルフの肉棒で満たしてやりたかった。

「はぁ……はぁ……っ」

扇情的な光景に、鼓動が早まり、どうしようもなく息が乱れる。熱に浮かされたように、頭の芯がグラグラとし、朦朧《もうろう》とし始めていた。

抱きたい。情欲の限り、熱く震える襞を存分に押し開き、なにも考えられないほど腰を振りたくりたかった。

しかしラルフは滾る欲求を堪え、秘裂を舐める行為に没頭し、そして自らの肉棒を扱き続けた。

そうしてついに、シャーリーが腰を浮かせ、ガクガクと痙攣させる。

「……や……っ、だめ……ぇ……っ、あ、あぁっ。あぁぁ！」

たっぷりと溢れる花蜜がリネンを汚していく。

ラルフはふらつきながらタオルを取ると、肉棒を包み込み、一滴も逃がさないように、熱を弾かせた。

「く……っ、ん、んぅ……」

いつもならシャーリーをお風呂に入れて、身体を清めるのだが、今日はそうするつもりはなかった。自分は少し手伝いをしただけだ。

淫らな夢に囚われ、自慰を始めたのはシャーリーだ。

目覚めたとき、彼女がどういう反応をみせるのか、ラルフはひどく興味を引かれていた。

＊＊　＊＊　＊＊

ラルフは隣にある自分の部屋に戻ると、ベッドに横たわってふたたび耳を澄ませた。

シャーリーはこのまま朝まで眠るのだろうか。

瞼を閉じれば、先ほどの光景が生々しく思い出された。

女性らしいまろみを帯びた身体をくねらせて、自ら秘裂に指を伸ばし、ヌチュヌチュと卑猥な音を立てて抽送している姿。

シャーリーの媚態を思い出すだけで、ラルフの欲望は頭を擡げ始めてしまう。

「……シャーリー……」

ラルフが義姉の名を呟いたとき、隣室からボイラーの動く音と、シャワーを使う水音が聞こえてくる。いつもなら朝までぐっすりと眠っているのに、今日は自ら目を覚ましたらしかった。

「珍しい」

淫らな行為に耽っていた夢を、シャーリーは覚えているのだろうか。

ラルフは考えるだけで、ひどく愉しい気分になった。

しばらくして水音がとまると、この部屋にそっと近づいてくる微かな足音が聞こえた。

シャーリーが、こちらの様子を気にしているらしい。

心配しなくても、ラルフの心はすこぶる上機嫌だ。

寝たふりをしようかとも考える。だが、シャーリーがきっと落ち着かない気分でいると判断して、身体を起こした。

「入っておいでよ。もしかして眠れなかった？」

すると、シャーリーはビクビクと怯えた様子で答える。

「……こ、怖い夢を見て……」

怖い夢ではなく、淫らな夢を見ていたはずだ。ラルフは笑いを堪えながら、シャーリーを招く。

「僕もよく怖い夢を見るよ。大丈夫だから、一緒に寝よう」

いつもはラルフを自分のベッドにいれてくれているのに、自分が人のベッドに入るのは、躊躇してしまうらしかった。シャーリーは不安げに俯いたままだ。

ラルフは身体を起こして、ベッドからおりると、扉まで彼女を迎えに行った。そっと手を握り締めると、シャーリーは抵抗もせずされるままになっている。

手を握ると、恥ずかしがって逃げるときもあるというのに。

それほど、今日は不安で恐ろしかったのだろう。

ラルフは、辛い目に遭わせたシャーリーをベッドのなかで思う存分甘やかすつもりでいた。だが、暴漢に襲われたばかりの状況では、すぐに触れることは躊躇われた。

ラルフはシャーリーから少し離れた場所に横たわる。しかし、気遣う必要はなかったらしい。シャーリーは不安げな表情で、ラルフの上着の裾をギュッと摑んできた。

「どうしたの？」

まるで幼子のような仕草だ。かわいくて抱きしめたくなってしまう。

「……な、なんでも……」

ラルフはシャーリーの下僕同然だ。どんな願いだって叶える。だから、なにも遠慮などして欲しくなかった。

「こっちおいでよ」

「……でも……」

シャーリーは俯いたまま、軽く唇を噛む。そんな表情を見せられると、今すぐにも抱きたくなってしまう。

「怖くないから、こっちにおいで」

怯えながらも、シャーリーはそっとラルフに擦り寄ってきた。思いがけず、そのまま腕を回され、ギュッとしがみつかれる。

「ラルフ」

全身が歓喜に戦慄《わなな》く。甘い感動に眩暈すら覚えた。

シャーリーの温もり、香り、質感、声、なにもかもが愛おしくて、堪らない。

「……姉さん。……抱きしめてもいい？」

尋ねた言葉にシャーリーはコクリと頷くことで答えた。声を出さないのは、恥ずかしがっているせいらしい。

華奢な身体に腕を回すと、伝わってくる体温に高ぶる。ラルフは欲望と戦って、熱く頭を擡げ始めた肉棒を隠すために、自らの足を交差させて、歯を食いしばっていた。

シャーリーも抱きついてきているため、柔らかな胸の膨らみが押しつけられる。

もう限界だった。

背中に回した手を動かすと、いやらしい触り方になってしまう。

——それなのに。

「もっと……抱きしめて……」

胸に頬をすり寄せられて、甘い声音で囁かれる。理性が焼き切れそうになった。

「それは……いいけど……。……こうしていると、なんだか変な気分になるんだ。ごめん」

変な気分どころの話ではない。ラルフの下肢は熱く張りつめて、大惨事の一歩手前だ。

これ以上近づけるわけがない。ラルフは困り果てて目を逸らした。

「……いや……っ」

だが、シャーリーはギュウギュウとしがみついてくる。

薔薇石鹸の甘い芳香が鼻孔を擽り、まだ湿った髪がラルフの肌に張りついてきた。濡れた長い髪がゆっくりと滑り落ちる感触にすら、身震いが走る。

「いやって……言われても。姉さん。……このままじゃ僕……。なにするか……」

シャーリーを引き離そうとして、ラルフは彼女の背中に手を回した。だが、華奢な肩や細い腰の感触に誘われるように逆にいやらしく動かしてしまう。

ラルフの手が這うたびに、シャーリーの身体が反応する。堪らなくなっていっそう肌を擦りつけた。

「……ん……っ」

シャーリーは逃げない。それどころかさらに身体を密着させてくる。

「ラルフに触られると、……嫌な記憶が薄れる気がするから……。もう少しだけ触って欲しいの」

甘い声音で耳元に囁かれては、もう我慢などできなかった。これは夢なのだろうか？

それともからかわれているのではないだろうか。

疑いたくもなる。だが、温かい身体も、甘い匂いも、すべてが生々しくこれが現実だと知らしめてくる。ラルフは力の限り、シャーリーを抱きしめ返した。

「……ね、姉さん……。そんなこと言われたら、僕、……本当に触ってしまうよ」

切実に訴える。すると、シャーリーは小さく頷く。

「ラルフなら、いいから……」

それほどまでに、暴漢に襲われたことが恐ろしかったのだろう。

傷つけてしまったお詫びに、すぐにでもこの腕のなかで、自分が植えつけた怯えを消してしまいたかった。

ラルフはシャーリーの豊かな胸の膨らみをナイトガウン越しに撫でさする。ふわふわとした感触は大きなマシュマロを握っているみたいで、舌で転がせば溶けてしまうのではないかと疑うほど柔らかい。

「柔らかくて……気持ちいい……」

ラルフが胸を揉んでいると、その中心にある薄赤い突起がツンと固く勃ちあがった。

「ん、んぅ……」

シャーリーは折れそうに細い首を仰け反らせて身悶えながら、鳶色の髪をリネンに広げていく。

薔薇色をした頬、潤んだ瞳、感じやすい肌、子供のように柔らかな関節、艶やかな髪、誘うように薄紅色をした唇、なにもかもに今すぐにでも唇を這わせてしまいたかった。

「かわいい。姉さんは誰よりもかわいい」

ラルフはシャーリーの額や頬、いたるところに口づけを繰り返した。すると、シャーリーは無防備にもギュッと瞼を閉じてしまう。そんな風に油断しているから、男に狙われるのだと、ラルフは文句を言いたくなった。だが、傷ついている義姉にひどいことは言えない。叱責《しっせき》するかわりに、唇の端を啄む。

「……っ」

すると、シャーリーは瞼を開き、潤んだ瞳でじっと見上げてくる。もの欲しげな表情にしか見えない。赤い唇を今すぐに塞ぎたかった。

「唇も、無理やり奪われたの？」

ラルフはシャーリーの目を覆って凌辱したときに、キスなどしなかった。自分は暴漢ではないと、念を押すためにわざと知らないふりをして聞いたのだ。

――しかし、シャーリーはコクリと頷いた。

信じられなかった。ラルフはひどい記憶を忘れさせるためという名目で、シャーリーに触れている。今頷けば、ラルフに唇を奪われることは予測できるはずだ。

「――へえ。……そう。だったら、消毒しないとね」

ラルフは戸惑いながらも、そう告げる。するとシャーリーは軽く上向いて、唇を自ら差し出しながら、瞼を閉じた。

いいのだろうか？　もしや自分をからかっているのかと疑ってしまう。だが、シャーリーは気恥ずかしげに眼を閉じたままだ。

ラルフはチュッと優しく唇を重ねた。

「んぅ……っ」

小さなうめき声が、拒絶のように思えて、ラルフはとっさに唇を離してしまう。

すると、シャーリーは潤んだ瞳で、じっと見上げてくる。

「ここに触れたのは恋人？」

ラルフは暴漢の真似事をしたときに、キスをしていない。忘れたい口づけの相手が、他にいるのだろうか？　ラルフは不安になって尋ねる。しかし、シャーリーはふるふると首を横に振った。

「そうだよね。それは嘘じゃないよね」

試しに尋ねるとシャーリーは不安げに目を泳がせた。否定しない。しかし肯定もしない。

つまりは、嘘を吐いているが、口づけは続けて欲しいという意味だ。

「……姉さんを襲った悪い奴に口づけられたのか。かわいそうに……。僕が忘れさせてあげるよ」

シャーリーは、自分を恐ろしい目に遭わせた暴漢の感触を忘れたかっただけなのだろう。ほんの少し、触れてもらいたかっただけだ。

そのことは解っていたが、ラルフは意識のあるシャーリーに、夢でもなく暴漢でもなく自分自身として触れられる感動に、理性が利かなくなってしまった。

そうして、ラルフは腕のなかで甘く蕩けていくシャーリーを、なし崩しに抱いた挙句、さらには、内壁に精を放ってしまう。

「……あ……、はぁ……、ん……。……も、あぁ……っ」

自分を抑えきれずに、二度、三度とシャーリーを抱いてしまった。

それなのに、まだ欲望が収まらない。柔らかな枕に置いた自らの腕に突っ伏したシャーリーは、少し腰を突き出す格好で、喘いでいる。

彼女の内腿に伝っていくのは、ラルフが内壁に放った精と捏ね合わされて泡立った蜜液だ。いやらしい匂いが、噎せ返るほど部屋に充満していた。

「シャーリー……、愛している……」

朦朧としているシャーリーの後ろから胸を揉みしだき、腰を押し回す。すると、接合部分からグプリと音を立てて白濁が淫らに溢れる。

「……んぅっ、はぁ……、はぁ……」

前後不覚になるまで責め立てられたシャーリーは、もはや息も絶え絶えになっている。

それなのに解放してあげられない。

「……愛してる」

熱に浮かされたような声で、ラルフはなんども切ない声を上げる。

そうして、汗ばんだシャーリーの細い首筋に、後ろから唇を寄せて、噛みつくように吸い上げていく。

それはラルフが初めて、人から見えるところにつけた鬱血だった。

花びらのような痕をひとつつけると、堪らなくなって、汗を吸い上げるように、なんども舌を這わせてしまう。

「……シャーリー……、ねえ好き、……誰よりも好きだよ……。だから、……誰のものにもならないで……」

ラルフの訴えを、朦朧としているシャーリーが耳に入れている様子はない。ぬるついた襞を収縮させ、ただ内腿を震えさせている。

脈動する肉棒を、グチュグチュと掻き回して、濡襞を突き回していく。快感に下がった子宮口を突き回すたびに、シャーリーの身体がビクビクと跳ねていた。
「あ、あ、あぁっ！」
そうして、シャーリーは一際高い嬌声を上げて、ガクガクと身体を打ち震わせながら、
大きく背中を仰け反らせた。

第六章　目まぐるしい変貌

翌朝。シャーリーは、躊躇いがちにラルフを起こしてきた。

「ラ、……ラルフ、そろそろ起きないと」

弟だと思っている相手と、愛し合ってしまったのだから、彼女の狼狽も頷ける。

しかもラルフは、やっと悲願を叶えられた喜びで夢中になってしまった。シャーリーの様子がおかしくなるのも無理はない。やり過ぎてしまったことは反省している。

だが、シャーリーの恥ずかしがって震えている声が、いつもよりいっそうかわいらしく思えて、不謹慎にも腕のなかに閉じ込めたくて堪らない。

「今日は休みだよ……。もう少し眠らせて」

ラルフはいつも通りに甘えてみせることにした。少しでもシャーリーの不安を軽くしようと思ったからだ。

シャーリーは、ラルフのもくろみ通りに安堵してくれたのか、ホッと息を吐いた。だが、すぐに悲しげに黙り込んでしまう。神に背くような背徳の関係を後悔しているのかもしれない。そんな義姉をラルフはギュウギュウと抱きしめた。

「ラルフ……苦しいっ」

非難する声は、いつもの明るいシャーリーのものに戻っている。

「どうしてそんな暗い顔してるの？　もっと一緒に寝ていようよ」

「だめよ、もう起きないと……」

躊躇するシャーリーの頬に、ラルフは手を添えて、顔を覗き込んだ。

「こっち向いて」

そう言って、チュッと唇を奪う。シャーリーは目を丸くしていた。

「ふふっ。今日からこれが、僕たちがするおはようのキスだよ。頬じゃなくて、唇にするんだ。これからは毎日、ここにキスするよ。もちろん、他のところにキスして欲しいなら、すぐにしてあげる。……ねえ。希望はある？　僕にキスして欲しいところがあるなら言っていいよ」

シャーリーは火を噴いてしまいそうなほど顔を真っ赤にして、ラルフをポカポカと叩いてくる。

「知らないっ」

拗ねてツンと顔を背けたシャーリーだったが、とつぜん首を傾げた。

ラルフのベッドのサイドテーブルにある宝石箱の存在に気づいたらしい。

「……これは……？」

シャーリーが首を傾げたまま尋ねてくる。箱の中身は彼女の破瓜の証が染みついたハンカチだ。内心焦りながらも、ラルフは平静を装って言った。

「好きな子からもらった大切なものを、なかに入れてるんだ。見たい？　でも、いくら大好きなシャーリーでも、これは見せてあげられないな。ごめんね」

今度、シャーリーから以前にもらっていたものを入れて、見せてあげれば納得するだろう。

ラルフはそう判断する。今すぐ強請られて、箱を開けられたとしても、黒く染まったハンカチがあるだけだ。見ただけでは、それがなにか判断することは難しい。なにも問題はなかった。

宝石箱を前に、シャーリーは心ここにあらずといった様子で震え出していた。

「シャーリー？　どうかした」

「ううん。なんでも……。……い、今、身体のなかから、なにか溢れてきて……」

どうやら身体を起こした拍子に、内壁に注いだ精液が膣孔から溢れてきたらしかった。

それで、とつぜん様子がおかしくなったのだ。少し驚かされてしまったが、宝石箱以外のことに気を取られてくれたのは、ありがたかった。

「大丈夫。子供は神様が授けるんだ。姉弟ならいくら身体を繋いでも、孕んだりしないよ」

「本当に？　……良かった」

シャーリーは安堵した様子で、深く息を吐く。

半分冗談のつもりだったのに、敬虔《けいけん》な神様の信徒であるシャーリーとはいえ、まさかラルフの大嘘を信じるとは思わなかった。シャーリーは昔から変わらず、大切なところが抜けている。そこがかわいくもあり、呆れてしまうところでもある。

この嘘が真実だったとしても、シャーリーとラルフは血が繋がらないのだから、子供はできる。もしも本当に孕んだら、真実を告げて、強引にでも結婚に雪崩《なだれ》込ませるつもりだ。

——その前に、ふたりの幸せの邪魔をする者は、即刻排除せねばならない。

シャーリーは外に出るのが恐ろしいらしく、しばらくローレル・カレッジを休むつもりらしかった。

世の中は、ラルフの都合のいいようにできている。

義姉とラルフの部屋の境の扉にも内鍵をかけさせ、自分が招いた人間以外は部屋にいれないように強く言い聞かせておいた。ラルフは今も、家令のバーナードがシャーリーを想っているのではないかと疑っており、その用心のためでもある。

ラルフは翌日の日曜日にはシャーリーにべったりと引っ付いたまま甘い一日を過ごした。

そして月曜になると、邪魔者を排除するため、急ぎ学園に向かった。

まずはシャーリーの恋人からだ。

理事長室に隣接する校長室で、ラルフが計画した通りの話が、ロニーに告げられた。

その様子を、ラルフはそっと窺う。

ロニーに持ち上がっているのは有名な音楽学院への転入話だ。父親にはすでに、彼には素晴らしい才能があるため、学校をかわった方がいいと、熱心に言い含めておいた。

手遊びレベルではなく、他にはない才能。その言葉は、自尊心や虚栄心を満たす。

ロニーの軽率な行動に腹を立てていた父親も、怒りを静めて、転入を考えている様子だった。邸のメイドを暴行したのは、本人ではない。その一件のために潰すには惜しい才能だ。そう言って懐柔するのも忘れなかった。

音楽学院への転入話は実際に結んでおいたものだが、才能があるというのは嘘だった。

ロニーの腕は、辛うじて進級できる程度だ。どれだけ音楽を愛していても、天性の才能はどうにもならない。卒業後に華々しく活動することにはならないだろう。もしかしたら、人並み外れた練習量で、道を切り開く可能性もないわけではない。運命を切り開くのは自分自身だ。どちらにせよ彼が今後、どんな人生を歩もうとも、ラルフにはどうでもよかった。ラルフの望みは、彼をシャーリーの傍から引き離すことだけなのだから。

「本当ですかっ!?」

父の怒りを買って、音楽への道を閉ざされていたロニーは二つ返事で了承した。だが、友達の前で悪ぶって暴言を吐いていた割には、シャーリーのことを本気で想っていたらしく、連絡を取ろうとしている様子だ。

けれどももちろん、ロニーがシャーリーに対して書き置いた手紙も、伝言も、ラルフはすべて握りつぶした。これで、邪魔な男を無事に消すことができた。

まだもうひとり、ラルフを脅してきたリリアン・ランドールが残っている。義姉にはまだ養女だという真実を告げるつもりはない。

それからラルフは、ランドール家に使いを出して、リリアンの悪行をすべて父親に告げておいた。

あとは本人に最後通牒を渡すだけだ。受け入れなければ、彼女のしたことを適当に暴き風紀を乱したと難癖をつけて退学を命じるつもりだ。しかし、彼女の父親に連絡をした日から、リリアンは学園を休んでしまい、話をすることができない。

乱れた生活を恥じた父親が、部屋に閉じ込めたのかもしれなかった。

これで目障りなリリアンも、近いうちに完全に消せるだろう。

ラルフは、やっと平穏な日々を取り戻すことができたと、安堵した。

——しかし。その平穏が訪れたのもつかの間、問題はすぐに起こった。

意外なことに、シャーリーがローレル・カレッジにふたたび通いたいと言い出したのだ。

このまま学園を退学するに違いないと踏んでいたラルフは、驚いてしまう。だが、シャーリーと一緒にいられるのならば、どこでもよかった。

怯えた彼女は、以前よりもずっとラルフに寄り添ってくれている。そんな姿を周囲に見せつけることは、ひどく心地がいいものだ。

ローレル・カレッジに久しぶりに登校した彼女は、恋人であるロニーの転校に驚いていた。すべての連絡はラルフが握りつぶしておいたのだから、なにも知らないのは当たり前だ。だが、ラルフは困惑した表情を浮かべて、憐れみに似た視線を向ける。

「シャーリー。その話を、もしかして聞かされてなかった？」

まるで以前から、皆知っていたような口ぶりでわざと聞いた。

「え、ええ。……でも、もういいの」

悲しげに俯くシャーリーの頭を、ラルフは優しく撫でた。

「そんないい加減な男、別れてよかったんだよ。シャーリーはなにも傷つくことない。これでよかったんだ」

そう。これからは、ラルフだけがシャーリーの傍にいる。あんな男は必要ない。無事に片づいて本当に良かった。

「うん……」

シャーリーは小さく頷きながらも、ラルフに甘えるように寄り添った。これこそが望んでいた関係だ。ラルフは内心ほくそ笑む。

その後、昼休みになったとき、クラスメイトのひとりが伝言を携えてきた。

「ラルフ、ちょっと教員室に来てくれって、先生から伝言だぞ」

また使えない教師たちが、処理できない案件について、相談しようとしているのだろうか。ラルフは腹立たしさを覚えながら溜息を吐いた。

「ああ、解った」

ラルフは、シャーリーに向き直って詫びる。一緒に昼食をとるため、今日は中庭に行く約束をしていたのだ。だが、先に行かせるのは酷というものだ。ラルフも、今のシャーリーをひとりきりにはしたくない。

「ごめん……すぐに戻るから、姉さんはここで待っていて」

「平気だから、急がなくてもいいわ」

シャーリーは笑顔を返してくる。どうやらだいぶ落ち着いてきたらしい。そのことが、ひどく淋しく思えた。もっと依存してくれていい。少しの間でもいいから、ラルフがいないと生きられなくなってくれればいいのに。そう願ってしまう。

ラルフが急いで教員室に向かうと、誰も呼んではいないという言葉が返ってくる。

「しまった……」

誰かに謀られたのだと気づき、ラルフは慌てて教室に戻った。そこにはシャーリーの姿がない。昼食の入ったバスケットは席に置かれたままだ。代わりに居たのは、ずっと学園を休んでいたはずのリリアンだった。

「邪魔なあなたのお姉様には、遠慮していただきましたの。今日こそは、うちに来ていただきますわ。そう……しないと……、お父様のお怒りがとけないのです」

ブルブルと震えながら、リリアンが思いつめた様子で声を荒立てる。

清楚で通っているリリアンの変貌に驚いたのか、クラスメイトも唖然としながら、遠巻きにこちらを眺めていた。

「ごめん。遠慮して欲しいのは、そっちなんだけど？　悪いけど、二度と僕の周りに近寄らないでくれるかな。もちろん、シャーリーにも」

　そう言って、教室を出る前にリリアンに耳打ちする。

「お腹の子供の父親が欲しいなら、取り巻きのなかで一番気に入った奴を誑《たぶら》かせばいい。得意だよね？　そういうの」

　クスクスと笑いながらラルフが教室を出ると、リリアンは焦った様子で、どこかに去っていく。ラルフの言う通り、彼女と関係を持った男のひとりをいいように操るつもりでいるのだろう。放っておけば、なにも知らずに他人の子供を育てる、哀れな男ができるのかもしれない。それも、所詮は自業自得だ。身に覚えがあるなら、勝手に責任をとればいい。

　ラルフは後のことなど、どうでもよかった。シャーリーのこと以外は。

　リリアンが、シャーリーになにを言ったのか、おおよその見当はついている。どうせラルフと結婚を前提にして付き合っているとでも嘯《うそぶ》いたのだろう。

　廊下に出ると、持ち駒のひとりが声をかけてくる。シャーリーの行き先を追ってくれていたらしい。あまりのタイミングの良さに感嘆するとともに、苦笑いが浮かぶ。

　勝手に人の女の尻を追いかけるなと言いたくもなるが、助かっているため、文句も言えない。そうして、ラルフはシャーリーが向かった先へと急いだ。

シャーリーは当てもなく歩いているらしかった。彼女の行く先を追っていくと、他の持ち駒が血相を変えて告げてくる。

「シャーリーさんが具合を悪くして、……クレイブに救護室に連れて行かれました」

普段は冷静な男なのだが、今はその影もなくおろおろとして青ざめている。この男は頭脳派ではあるが、体力的にはあまり優秀とはいえない生徒だ。そもそも間に入るにしても、並の生徒がクレイブの相手をするのは分が悪過ぎる。

シャーリーに関することになると、彼はいつも冷静さを欠くからだ。それはラルフも同じなのだが、激情型のクレイブは機嫌を損ねると話が通用しない。下手に邪魔するといっそうシャーリーに危険が及んでしまう。ラルフは急いで救護室に向かった。

すると、クレイブの激昂した声が聞こえてきた。

最悪の事態だ。

「お前は私のものだっ。そんなことは言わせない。この身体に、教え込んでやるっ」

シャーリーが危ない。

察知したラルフは、慌てて救護室の扉を開き、室内に飛び込む。

「……いや……っ、もういや……ぁっ！　ラルフ……、ラルフ助けて……っ！」

スカートを捲り上げられ、衣服を乱されたシャーリーの姿に、一瞬にして頭に血が駆け上る。生まれたのは、明確な殺意だ。

「姉さんになにをするんだっ」

ラルフはクレイブをベッドの上から引き剝がし、力の限り殴りつけた。

「くッ！」

クレイブは苦しげに呻きながらも、殴り返そうとする。拳は重そうだが、動きは速くない。ラルフは軽くかわして、力の限りクレイブを痛めつけていく。

「……殺してやるっ。お前なんかに、姉さんを傷つけさせるものかっ」

一方的に殴られ、ただ防御するのに精いっぱいだったクレイブだが、次第に彼の力が抜けていくのを感じる。このまま続けていれば死ぬだろうことは、予測できた。だが、ラルフはとめることができない。

相手が王族であろうと関係ない。この世でもっとも大切なのは、シャーリーだ。なにかに操られるように拳を繰り出していると、やがて救護室に数人の教師たちが駆け込んできた。彼らは慌てて、クレイブとラルフを引き離した。

ぐったりと身体を弛緩させて床に沈んでいるクレイブを見ても、なんの感慨も抱けない。ラルフがこの世でもっとも大切な人を襲おうとしたのだ。命を奪ってもいいぐらいだ。

教師たちが救護室から彼を引き摺り出す姿を、ラルフは冷ややかに見つめていた。

クレイブは、シャーリーを襲おうとしたことを反省させるため、しばらく懲罰室に入れられることになった。彼は王族のため、未遂の行為に深い罪を問えない。

権力とは、人の心すら捻じ伏せる効力があるものだ。しかし、シャーリーを襲った罪を、その程度で償わせるつもりはない。反省しているようなら、多大な罰を与えた後、この学園にまた置いてやるつもりだが、そうでないなら、このローレル・カレッジから追い出すだけだ。

＊＊　＊＊　＊＊

そして、誰にも気づかれないように、生きていることを後悔させてやる。王位継承権第三位の王族であろうが、そんなことはラルフには関係がない。シャーリーを傷つける者は、始末するだけだ。しかし、ラルフにとっての本当の問題はそこではなかった。

シャーリーに見られてしまった。怒りにまかせて激昂する姿を。

ラルフが、常軌を逸していたことは自覚している。幼い頃から自分に甘えていた弟が別人のようになっていたのだ。きっとシャーリーは、ラルフに対して以前のように接してくれなくなっているに違いない。念願叶って、シャーリーを手に入れたばかりだというのに、つい我を忘れてしまっていた。

気まずい空気のなか、救護室のベッドに腰かけて、ラルフは黙り込んでいた。

俯いたままで、シャーリーを見返すことができない。

そっと隣を窺う。シャーリーは哀れなほど震えてしまっている。

部屋に閉じこもっていた生活から、やっと学園に来る勇気が出たのに、また男に襲われたのだから、震えて当然だろう。

ラルフは自分が嫌われることで頭がいっぱいになり、シャーリーを気遣えていなかったことに気づき、慌てて彼女に近づいた。

「大丈夫？」

顔を覗き込むと、シャーリーは微かに頷いてみせる。ラルフに対して怯えている様子はない。きっとラルフの変貌に気を回す余裕もないほど、クレイブが怖かったのだろう。ちょうどいい。すべてあの男のせいにしてしまおう。ラルフはそう考える。

「……きっとあいつは、姉さんが他の男と付き合っていたのが気に入らなかったんだ。ふたりがデートをしている様子も、どこかで見ていたのかもしれないね」

夕闇に紛れてシャーリーを暴行した犯人は、クレイブであったかのような言い方で、ラルフは呟く。すると、期待していた通り、シャーリーは息を飲む。

人間は動揺すると了見が狭くなるものだ。義姉をうまく丸め込むのは今しかない。

「……姉さん……。無事でよかった」

安堵した様子を装って、ラルフはシャーリーに腕を回す。この世でシャーリーの味方はラルフだけだ。そう義姉に思い込ませる絶好の機会だ。逃がしはしない。

「うん。……ラルフ……、助けてくれて、ありがとう」

シャーリーは心から礼を言って、ラルフの肩に顔を預けてくる。自分を凌辱した相手が、目の前にいることにも、まったく気づいていない様子だ。

そうしてしばらくの間、ふたりが抱き合っていると、ふいにシャーリーが顔を上げる。落ち着きを取り戻したらしい。

「ラルフ……。心配しないで……、もう大丈夫だから……」

だがそれだけではなく、シャーリーはラルフを拒絶するように、胸を押してくる。

「姉さん？」

やっと思いが通じたはずだった。いったいシャーリーはどうしたのだろうか。

「さっき教室にあなたの恋人が来ていたの。……もっとラルフと一緒の時間を大切にしたいって、淋しそうにしていたわ」

なにも知らないシャーリーは、リリアンの嘘にすっかり騙されているらしい。

ラルフも、都合よくシャーリーが嫉妬してくれることを願って、彼女を利用していたのだから、仕方がない話だ。でも、もう必要ない。

この先の人生で関わるつもりはなかった。

「いいんだ。リリアンとはもう別れる。僕は姉さんさえいればいい」

リリアンとは付き合った事実さえなかったが、ラルフはそう言ってのけた。

「だめよ……。私たちは……姉弟なんだから、……関係を結んでしまったことも、もう忘れましょう」

どうやらシャーリーは背徳の関係に終止符を打ち、ラルフを捨てるつもりらしい。

血など繋がっていないと告げてしまおうかと考える。だが、心を深く傷つけられたシャーリーに、さらなる苦痛を味わわせたくなかった。その話は落ち着いてからだ。

シャーリーは暴漢に襲われたとき、恋人ではなくラルフの名を呼んだ。淫らな夢に囚われたときも、ラルフを求めていた。

そして、あの夜――。

確かにラルフと愛を交わしたのだ。嫌いだなんて言わせない。本当はロニーのことなど好きではなかったのだろう。初めての告白に舞い上がっていただけだ。希望的観測ではなく、ラルフはそう確信していた。

「いやだっ。僕は姉さんが好きだ。……姉さんじゃないと、嫌だ」

だからラルフはシャーリーに甘えた声で縋り付いてみせる。

「ラルフッ」

とつぜんパイプベッドの上に押し倒され、シャーリーは目を瞠《みは》っていた。

真摯な眼差しを向けると、シャーリーは気恥ずかしげに顔を背ける。

あと一押しだ。

「好きなんだ。ずっと姉さんのことが好きだった。……忘れようとして、リリアンと付き合うことにした。……でもだめだった。他の子じゃだめなんだ。……お願いだから、僕を拒まないで……」

ラルフは泣きそうな表情をつくって、シャーリーの逃げ道をうばっていく。義姉は、ラルフを溺愛している。こんな表情を向けて拒絶されたことなど今までに一度もない。

「……でも……、いけないことなのに……」

シャーリーはラルフにだけではなく、自分自身に対して懸命にその言葉を言い聞かせている様子だった。

「……僕たちは、世界でたったふたりだけの家族だよね。お願いだから、姉さんのことを好きになってしまった僕を嫌わないで、……お願いだから見捨てないで、ずっと傍にいてよ」

ラルフは完全に声変わりしているのだが、シャーリーの前ではいつも少し高めのかわい子ぶった声を出すようにしている。その日頃の鍛錬の成果を、いかんなく発揮する。

「ラルフ……」

シャーリーは、躊躇いがちにラルフの身体を抱き返してきた。

その瞬間、勝利を確信した。これで、シャーリーは自分だけのものだ。

「姉さん。……姉さん、好きだよ。ずっと僕だけのものでいて。愛しているんだ」

もう逃がしたりしない。

ラルフは、シャーリーの柔らかな唇を塞ぎながら、彼女の胸のリボンを解いた。身体を弄るようにして、ボレロを脱がし、衣装を乱していく。

そうして初めて陽の光のもとで見るシャーリーの身体は、目も眩むほど美しかった。きめ細やかな肌は、透けるように白い。柔らかな胸の膨らみは、むしゃぶりつきたくなるほど大きい。その先端に、つつましやかに薄紅色の乳首がのっている。

折れそうに細い腰、お尻は滑らかで肉感があり、太腿の柔らかさは頬ずりしたくなるほどだ。ドロワーズを脱がして、鳶色の恥毛まで露わにしてしまう。

ラルフは明るい場所で、シャーリーの裸を隅々まで見たくて、ぜんぶ脱がしてしまった。

恥ずかしがるシャーリーの肌が、薄紅色に染まる。

服を脱がせたのは、逃げられなくするためでもあったのだが、あまりの興奮に、ラルフは今晩無事に邸に戻れるのか心配になったぐらいだ。

一度甘い身体を引き寄せれば、獣のように貪ってしまう。それだけシャーリーの身体には中毒性があった。

「……ラルフ、ぜんぶ脱がさないで……、恥ずかしい……」

泣きそうに瞳を潤ませながら、シャーリーが訴えてくる。そんな顔をされたら、いっそうラルフは獣のように激しく抱きたくなってしまう。シャーリーはそれが解っていて、わざと煽っているのではないかと、本気で疑うほどだ。

「シャーリーの身体、見たかったんだ。しょうがないって」

ラルフは悪びれもせずに言い返した。すると、シャーリーは脱がされたドレスで身体を隠して、真っ赤になる。

「……もうっ、知らない……」

やはり目を塞いで強姦するなんてよくない。愛らしい表情をしたシャーリーを見つめながら、今さらながらにラルフは、そう思う。

愛する者は、甘く淫らにかわいがった方がいい。恥じらう顔も、誘う唇も、これほどまでに、胸をときめかせるのだから。

「ごめんね？」

ラルフが謝罪すると、暴漢がラルフだという事実を知らないシャーリーは首を傾げた。

「どうして謝るの」

理由など言えるわけがない。ラルフは作り笑いを浮かべて誤魔化した。

「ん？　……今から好きなだけ抱いちゃうけど、いいよねって」

告げられた言葉に、シャーリーは目を瞠った。

「だ、だめ……。好きなだけなんて、だめ」

ブルブルと頭を振って否定されると、無理やりはよくないと、偽善的なことを考えた直後であるにもかかわらず、強引に押し開きたい衝動に駆られた。

男の欲望というものは、どうしてこんなにも身勝手なのだろうか。

「どうして、だめなんて、いじわる言うの？　シャーリー」

尋ね返す声が、強張る。すると、シャーリーは真っ赤になったまま、言い返してくる。

「学園のなかなのよ」

どうやらラルフのことを拒絶したかったわけではないらしい。

「知ってる」

ラルフは首を傾げた。ここはラルフが理事長を務めている学園だ。いわば、庭や別荘みたいなものだ。別になにをしても問題ない。

「先生が来たら、退学になってしまう」

クレイブを懲罰室へと連れて行った教師たちが、ここに戻ってくるのではないかと、シャーリーは心配しているらしかった。

「絶対誰も来ないよ」

きっぱりと断言する。教師たちがここを去る前に、こっそり人払いを命じておいた。ここに誰かがやってくる可能性はない。

だいたい、ラルフたちを退学にできる者なんてローレル・カレッジには存在しない。三百年の伝統があるこの学園をずっと支配していたのは、ブライトウェル家なのだ。

「どこから、その自信がくるの」

訝しげに尋ねられ、真実を告白しようかと考える。だが、からかう方が楽しそうだと判断して黙っておくことにした。

「シャーリーへの愛かな」

ラルフがクスリと笑って答えると、彼女の頬が薔薇色に染まる。

「バカなこと言って」

嘘じゃない。ラルフはシャーリーのためなら、どんなことだってできる。もう限界だった。こんなにかわいい人を前にしているのに、我慢なんてできない。心からそう思う。

ラルフはシャーリーが抱えているドレスの端をキュッと引っ張る。

「ねえ。シャーリー。……服、邪魔だよ。胸見せてよ」

見せてもらうだけでは済まないのは解っている。だが、恥ずかしがり屋のシャーリーに『胸を揉ませて、舐めさせて』と言ったら、絶対に断られると思って、譲歩したつもりだった。

「は、……恥ずかしいからだめ」

初心で愛らしいのも良し悪しだ。思った通りの返答をされて、ラルフは天井を見上げて嘆息する。

「じゃあ、こっちでいいかな」

ラルフは冷たい床に跪く。そして、パイプベッドに腰かけているシャーリーの太腿を掴んだ。

「え?」

シャーリーはなにが起ころうとしているのか、予測もできずに狼狽していた。そんな彼女の太腿を、ラルフが笑顔のまま強引に押し開いた。

「えっ、あ、あぁっ⁉」

邪魔なドレスを横に払って、ラルフは露わになった秘裂に顔を埋める。

「……うん。やっぱり綺麗だ」

まるで穢れなど知らないかのように、シャーリーの陰部は美しかった。

毎晩、男の舌で執拗に嬲られて、いやらしい蜜に塗れているとは到底信じられないような清廉さを醸し出している。

「……すごく、おいしそう……。味見していい？」

甘い蜜に誘われる羽虫のように、ラルフはシャーリーの花芯に吸い寄せられていく。

「ラルフッ。……だめ……っ、あっ！」

唇を開いたラルフは、シャーリーの欲望の芽を咥え込み、ヌチュヌチュと口腔のなかで扱きあげる。すると、シャーリーの内腿がブルブルと震え、ビクビクと腰が跳ね始めた。

「……ん、んぅ……っ、あ、あぁ……」

艶めいた声を聞きながら、ラルフはいじわるな問いをする。

「もしかして、……こんな恥ずかしいところを舐められているのに、かわいい声で喘いじゃうぐらい気持ちいいの？」

ラルフがわざと不思議そうに首を傾げる。すると、みるみるうちに、シャーリーは耳まで真っ赤になってしまった。

「……ラルフ……、ど、……どこで、こんなこと覚えたのっ」

淫らな舌戯《ぜつぎ》はもちろん、シャーリーの身体で覚えた。知らぬは本人ばかりだ。ラルフはこっそりと笑いを堪えた。

「……き、汚いのに……」

震える声で呟かれ、いっそう舐めまわしたくなった。

「シャーリーだから、平気」

ラルフがこんな場所を舐めたいと思うのは、この世でシャーリーだけだ。他の女の性器になど興味がない。

「……女の人の身体って、僕、慣れてないから心配だったんだけど、もしかして、才能あるのかな。どう思う？」

いたずら心を煽られて、ラルフは純粋な表情で首を傾げながら尋ねた。

一年もの間、夜がくるたびに、シャーリーの身体を愛撫し続けてきた。激しく感じる場所も、触れ方も知り尽くしている。彼女が反応してしまうのも、気持ちいいのも、当たり前だ。

「……べ、別に……、わ、私……こ、こんなことされても……」

シャーリーが強がって言い返してくる。だが、瞳は情欲に潤んでしまっていて、息も乱れていた。

「ふうん。そっか、難しいんだね、こういうのって。ちゃんと勉強しないといけないな。ちゃんとうまくなるから、シャーリーが教えてよ」

ラルフは神妙な声でそう答える。そして、シャーリーの弱い場所を、ネチネチといたぶるように舐めしゃぶっていく。

「……ん……、こんなんじゃ……だめ？　だよね。……ごめん。もっとしてあげる。ああ、難しいな」

熱い舌先で掻き回すようにして花芯を擽り、肉びらごとチュウチュウと吸い上げていく。シャーリーの花芯を守っている包皮を舌先で剝いて、膨らんだ肉芽を唇で擽る。するとビクンビクンと身体が跳ねて、内腿を引き攣らせ始めた。

「いや……、いやぁ……っ！　あ、あ、ああぁっ！　ラルフ。そんなにしちゃ……いやぁ……っ！　あ、あああぁ……」

シャーリーはガクガクと腰を突き出しながらも、半泣きで訴えてくる。匂い立つような蜜の匂いが鼻孔を擽ると、ラルフはいっそう熱く濡れた舌で花芯を抉っていく。

「いや？　もっとこうした方が気持ちいいのかな」

シャーリーが激しく感じていることを知りつつも、からかってみせる。素直じゃない言葉を最初に告げたのはシャーリーだ。責任をとってもらおう。

気持ちいいと認めたなら、とびきり優しくしてもいい。

「……ピクピクしてる……」

羞恥《しゅうち》に震えながら感じる姿を見ていると、今すぐにでも肉棒を穿って、責め立ててしまいたくなってしまう。だが、今日は優しくシャーリーをかわいがろうと決めていた。もっと感じさせて、挿れて欲しいと強請るぐらいに乱してから、抱くつもりだ。

「かわいい声、出してるね。もしかして、……気持ちいいんじゃないのかなぁ」

わざとのんびりとした声で辱めながら、指で膣孔から溢れる花蜜を掬い上げた。これほどいやらしい蜜に濡れそぼっていながら、感じていないなんて強がりが通用すると信じているのだろうか。

ラルフは、甘い蜜に塗れた指を、熱く震える粘膜の狭間へと辿らせ、そのまま中へと押し込んでいく。

「ん、んぅ……っ！」

固く膨らんだ小さな突起をジュプジュプと舐めながら、蜜壺《みつつぼ》のような膣を弄ってやる。

シャーリーは苦しげに眉根を寄せながら、鳶色の髪を揺らした。

「あれ？　いつの間にか、こんなに濡れちゃってる。いやらしいなぁ、シャーリーは」

ラルフは忍び笑いを漏らす。熱い吐息がかかる感触にすら、シャーリーは感じてしまうらしかった。

「……も、……もう……やめて……ぇ……」

激し過ぎる快感にシャーリーは耐えきれなくなったのか、美しい緑の瞳を涙でぐちゃぐちゃにしてしまっている。赤くなった鼻の頭が、齧ってしまいたくなるほど、愛らしい。

「かわいいから、だめ」

正直に答えると、シャーリーは噛みつくように言い返してくる。

「どんな理屈なのっ」

確かに、告げた自分でも笑ってしまうような理屈だ。

「んん？　大好きなシャーリー専用の我儘《わがまま》かな」

こんなにもかわいいのに、なにもしないでいられるわけがない。触らずにいられなくするシャーリーが悪い。そうに違いない。

頭から齧ってしまいたい。頬も、首も、胸も、お腹も、お尻も、太腿も、ふくらはぎも、彼女の柔らかな場所すべてに歯を立てたかった。

ラルフは悪くない。シャーリーには自分自身を責めて欲しかった。

「勃っちゃった。挿れていい？」

シャーリー相手なら、指を舐めさせてもらうだけでも、勃起できる自信がある。

もちろん、こんな淫らな真似をさせてもらった後なのだから、ラルフの欲望は痛いぐらいに張りつめていた。

ラルフが燕尾服《テイルコート》の下に穿いている千鳥格子のトラウザーズの中心は、淫らに隆起している。

「……だめ……、ぜ、……ぜったい、だめ……ぇ」

拒絶されてもとまるわけがない。ラルフは立ち上がると、パイプベッドに片足をかけて、シャーリーの目の前で見せつけるように、肉棒を引き摺り出した。

「……ほら。……こんな風になってる。もう我慢できない。これじゃ、邸に帰れないよ」

赤黒く隆起した肉棒を、シャーリーの目の前でわざとヌチュヌチュと扱きあげる。

シャーリーは、男の性を受け入れたことのない処女のように怯えた顔をして、ベッドの上で震えていた。

驚愕に目を見開いているのは、顔を背けることが思いつかないほど、放心してしまっているからだろう。

「挿れていい？」

欲情から、ラルフの声は掠れてしまっていた。艶めいた誘いに、シャーリーはブルブルと頭を横に振って懇願する。

「……く……、口でしてあげるから」

思いがけない提案に、ラルフは握りこぶしを掲げたいほど歓喜した。

「やったぁ！　本当にいいの？」

ラルフは、楽しげな表情を浮かべて、隆起した雄を差し出す。

自分から言い出したくせに、シャーリーはいざ肉棒を前にすると、硬直してしまっているようだった。だが、逃がすつもりはない。

なにがなんでも、口に挿れてもらう。

肉料理を無理やり口に含ませただけであれほど興奮したのだ。実際に舐めさせたら、どれだけ昂ぶることだろうか。

「早く……。シャーリー。して？　このままじゃ僕、すごく苦しいよ」

甘えたふりをして、ラルフはシャーリーを促した。

シャーリーは震える指を伸ばし、膨れ上がった亀頭に手を添えた。もう一方の手はしっかりとドレスを胸に押さえつけたままなのが、シャーリーらしい。これが、待ち望んでいた瞬間だ。

シャーリーの愛らしい唇が躊躇いがちに開いて、淫らな肉棒を咥え込んでいく。

ぬるりとした熱い粘膜が、鈴口をヒクつかせた亀頭を咥え込む。

ゾクゾクと甘い痺れが身体に駆け抜けていった。あの清廉なシャーリーが、弟だと思っている男の性器を奉仕するなんて、信じられない。

「……ん……、ふ……っ」

熱く濡れた口腔の感触が、亀頭の先端をねっとりと包み込んで、チロチロと舌が擦りつけられる。これは夢ではありえないほど、生々しい感触だ。

シャーリーの熱く蠢いている粘膜の感触に、ラルフは感嘆した。

「はぁ……、ん……。……すごく、いいよ。シャーリー。……はぁ……っ」

ラルフはあまりの心地よさに、息を吐く。蕩けてしまいそうなほど気持ちいい。

眠っているシャーリーの口腔に、無理やり肉棒を咥えさせたことは数えきれない。だが、力ない肉洞を虚しく穿つのと、自ら望んで奉仕されるのでは、気持ちよさも、感動も雲泥の差だ。

「……シャーリー……、すごく、気持ちいい……あ、……舌、……もっと根元に絡ませて。うん……。いいよ。もっと……」

たどたどしくも小さな舌が、熱くねっとりと這わされる感触に、ラルフは恍惚としてしまう。これがシャーリーの口腔だと思えば、どうしようもなく身体が熱くなる。

「……すごい……」

上から眺めていると、どうやったらこんな小さなシャーリーの唇で、張り上がったラルフの切っ先が咥え込めたのか、不思議になってくる。

もっと見える角度で咥えて欲しい。そう思うと、ラルフは衝動的に、シャーリーの頬を両手で包み込み、上向かせてしまう。すると、深緑の瞳を潤ませながら、懸命に屹立を受け入れるシャーリーの表情が見えた。

「んんぅ……！」

責めるように唸られるが、放す気にはなれない。

愛らしい唇に、グロテスクな肉棒が咥え込まされている様子は、想像以上に卑猥な光景だった。

「かわいい顔。……お願い。あとで、ペニスだけじゃなく、僕の唇にもキスして」

感動のあまり、熱っぽく掠れた声で告げると、シャーリーは恨みがましい視線を向けてくる。そんな顔をしないで欲しかった。優しくしようと考えていたのに、できなくなる。このままでは顔を押さえつけ、無理やり腰を振りたくなるのは時間の問題だ。そして、強制的に吐精を促し、シャーリーの顔に迸る白濁を浴びせかけるという暴挙を犯してしまう。

そんなことをしたら、きっと意識のあるシャーリーが、泣くのは目に見えている。

——だが、愛しい人の嗜虐された姿を想像するだけで、イキそうだった。

「はぁ……っ、シャーリーっ」

ラルフが息を乱すと、シャーリーは早く終わって欲しいとばかりに、懸命に顔を上下に動かし始める。チュブチュブと唾液を纏わせながら、熱く滑った口腔に扱き上げられると、激しい快感に、脳髄《のうずい》まで焼き尽くされそうになった。

そうして、喉奥まで咥え込まれると、ぶるりと胴震いが走る。もう、このまま出してしまいそうなほど、肉棒が熱く膨れ上がって脈動していた。

ラルフは、堪らなくなって腰をグッと喉奥に突き上げてしまう。

「……ん、んぅ……っ!!」

強引に喉奥まで肉棒を押し込められ、シャーリーは苦しげに喘いだ。

「ごほっ」

シャーリーは口に含んでいた肉茎を吐き出し、苦しそうに噎せ込んだ。

「あ、ごめん。気持ちよすぎて……」

謝罪すると、潤んだ瞳で睨まれる。

「もう……、ラルフったら、……ひどいこと、……しないで？」

愛らし過ぎて眩暈がした。シャーリーはラルフをなにかおかしな病にでもするつもりなのだろうか。

いっそう欲望を昂ぶらせていると、シャーリーは可憐な唇にふたたび肉棒を咥え込んでくれる。亀頭の根元を窄めた唇で刺激されると、息を飲むほどの快感が迫り上がった。

お詫びのつもりで、むき出しになっているシャーリーの肩を撫でると、ビクビクと震える反応が伝わってくる。

「……や、……くすぐったい……っ」

もっと、シャーリーの身体中に触れたくて堪らなかった。

ラルフは、自分のウェストコートのボタンを外し、シャーリーの腕のなかから、先ほど脱がせたドレスを無理やり奪い取った。

「……っ!?」

身体を隠すものがなくなり、シャーリーは羞恥に身体を強張らせる。

そうして肉棒を咥えさせたまま、華奢な背中から豊満な胸の方に手を伸ばし、彼女の柔胸を掬い上げた。乳首をキュッと摑むと、まるで牛の乳でも搾っているような摑み方になる。

「ん、んぅ……っ！」

コリコリとした小さな突起を引っ張ると、シャーリーは訴えるような眼差しで見上げてきた。だが、ラルフは淫らに乳首を嬲る手をとめるつもりはなかった。するとシャーリーは、奉仕を続けていた肉棒を、口から引き摺り出し、非難してくる。

「もう、いじわるばっかりしてっ」

慣れない口淫を、一生懸命続けていたのを邪魔されたのだから、怒るのは当然だ。

「こうやって触るのは、普通なんだよ」

ふふっと無邪気に笑ってみせる。さすがにシャーリーは騙されてくれなかった。

「嘘ばっかり」

拗ねて唇を尖らせてしまう。その表情が男の情欲を煽るせいで、無茶なことを要求したくなるのだと言ってやりたかった。

「だって、かわいいから、いじめたくなるんだ」

ひどく身体が熱かった。筋肉の筋に沿って、汗がしたたり落ちていく。

シャツと身体の間に籠もる熱気を外に逃がすため、ラルフはボウタイを外しながら、シャーリーを見つめる。すると、シャーリーは惚けた表情のまま、コクリと息を飲んだ。

欲情したような、ひどく淫靡な表情だ。

ラルフはそのまま、ゆっくりとシャツのボタンを外していく。すると、いきなりはたと気づいた様子で、眼を逸らされてしまう。

「ねえ、シャーリー」

「な、なに」

シャーリーから返される声は、彼女が緊張しているせいか、笑いが込み上げるほど、素っ頓狂なものだった。

「あとで、脱いだ服を着せてね？　じゃないと、僕、ここからいつまでも邸に帰れないから。帰りたくないなら、着せなくていいよ。ずっと愛し合っていようよ」

自分で着替えぐらいできるのに、わざと甘えてみせる。

いいことを考えた。シャーリーを感じさせて、乱せるだけ乱して、前後不覚になるまで、煽ればいい。着替えができない理由をつくれば、ずっと彼女はラルフの腕のなかだ。

シャーリーの身体に賞賛の眼差しを向けながら、身勝手な考えに満悦する。

「ラルフはっ、い、……言うことが、いやらしいの……っ」

ブルブルと震えながらシャーリーが訴えてくる。

「ええ？　……さっきの言葉のどこがいやらしいのかな。教えてよ」

解らないふりをして、とぼけてみせた。すると、シャーリーはツンと顔を逸らしてしまう。だが、その肩が羞恥に震えてしまっている。

「知らない、もう知らないからっ」

もう、限界だった。

「もう舐めてくれないの？　だったら、ここに挿れてもいいってことだよね」

「……ち、違っ」

ラルフはパイプベッドに膝をついて、シャーリーにのしかかる。すると、両腕で胸の膨らみを隠しながら、シャーリーはお尻でずり下がった。

「落ちちゃうよ？」

「えっ」

後ろを確認しようとした瞬間、シャーリーはベッドから落ちてしまいそうになった。

強引に腕を引いて、ラルフは彼女を引き摺り戻した。そして、リネンの上に仰向けに横たえ、足を開かせる。

「仕方ないな。窮地を救った英雄が、たっぷりお礼をもらってあげる」

「見返りを求めるなんて、悪い人がすることよ」

シャーリーはポカポカとラルフの胸を叩いてくる。

「んん？　なにか言った？　聞こえないな」

肉感のあるシャーリーの太腿を摑みあげ、ラルフは腰を上げさせた。そして、濡れそぼった蜜孔に、唾液に塗れた肉棒の切っ先を押しつけた。

「……だ、だめぇ……ん、んぅ……っ！」

そんな甘い声で拒絶されても、とめられるわけがない。ラルフは強引に、シャーリーの濡襞《ぜんどう》を、熱く脈動する固い肉棒で貫いた。

「くぅ……んんっ……っ」

長い睫を震わせて、切なげにシャーリーが見上げてくる。震える赤い唇が扇情的で、容赦なく腰を振りたくりたくて堪らなかった。

「……ごめんね？　だめって言われたのに、もう、挿っちゃった」

薄く笑ってそう言いながら、グルリと熱く収縮する肉襞を押し回す。

「ふあっ、あぁ……！」

悪びれもせずに答えると、シャーリーは大きな胸の膨らみを波打たせながら、それでも腰を引かせようとする。

「……ぬ、……抜いて……ぇ……」

蠕動《ぜんどう》する襞が、ラルフの肉棒を奥へと誘い込むようにうねっていた。こんなにも熱く気持ちいいところから、自ら退けるわけがない。

「ん、ンぅ……シャーリー……。すごい、……気持ちいい。もう蕩けそう」

甘い訴えを聞こえないふりで、ラルフはズチュヌチュと蜜を掻き混ぜながら、肉棒を奥へと穿っては引き摺り出す行為を繰り返していく。

「んんぅ……あ、……あ、……あぁ……っ、ラルフの……、こんな……熱いの挿れちゃ、……だめなのに……」

シャーリーは華奢な肩口を揺らして、それでもまだ抵抗を続けようとしていた。そのせいで、狭隘な襞に咥え込まれた肉棒が、いっそう陰唇に締めつけられ、堪らない感触が伝わってくる。

「大丈夫、なかで出しても、姉弟だと神様が子供をつくらせないって教えてあげたよね」

ラルフはかわいらしい声で大嘘を告げる。

子供ができないどころか、ラルフは一刻も早くシャーリーを孕ませるつもりでいる。もちろん、妊娠したら、神様が認めた仲だと嘯くつもりだ。

それに、本当の姉弟ではないのだから、なにも問題などないはずだ。

「で、でも……こんな……、あ、くぅ……ん。や、やぁ……奥、まで……」

熱い肉棒を最奥まで穿たれて、快感に下がったシャーリーの子宮口を、固い切っ先でグリグリと突き回す。すると、シャーリーはガクガクと腰を揺すりながら、爪先で空を掻いた。

「はぁ……、はぁ……、シャーリーは、気持ちいいの、嫌い？」

これほどまで、気持ちいいのに。

どうしてシャーリーは拒もうとするのだろうか。本気で不思議に思っているのに、彼女は顔を背けてしまう。

「し、……知らないっ、……やぁ……へ、……変なこと、んぅ……聞かないで。……恥ずかしい……から………あ、ああっ」

シャーリーがリネンの上をずり上がって逃げようとする。だが、ラルフはさらに追い詰めて、ズチュヌチュと肉棒を激しく抽送させた。

熱い濡襞が収斂する。その感触が堪らなくて、パイプベッドが激しく軋むほど、腰を突き上げる。

「……変じゃないよ、僕、シャーリーのなか、最高に気持ちいいのに。……いや？　シャーリーは、僕としたくない？」

ラルフは脈動する屹立の律動を速めながら、切なげな声で尋ねた。

シャーリーの身体に触れるだけで、身体が高ぶる。甘い匂いも、熱い肌も、うねる肉洞もなにもかもすべて、奪いたいのに。彼女は同じように思っていないというのだろうか？

蜜壺のような膣孔を、ズチュヌチュと突き上げるたびに、亀頭の根元に掻き出された粘液が溢れていく。

「あ、……、あぁぁ……っ。姉弟なのに……、こんなこと、……だめなのに……っ……」

シャーリーは身悶えながらも背徳に怯え、泣きそうに顔を歪ませていた。どうやら彼女はラルフを拒んでいるのではなく、罪に戦《おのの》いているらしい。

それなら、もう容赦などしない。

ラルフは逃げようとするシャーリーをいっそう追い詰めることに決めた。

「だめじゃないよ。こんなに好きなのに。……いやなんて、言わないで……」

のた打ちながら身悶えるシャーリーを、強引に揺さぶり立てる。

「あ、あぁ……っ、……シャーリー……愛してる……」

ラルフの告白に、シャーリーはいっそう身体を昂ぶらせている様子だった。

胸の膨らみをいやらしく波打たせ、甘く滴るような嬌声を、静かな救護室に響かせている。堪らなかった。もっと、もっと追い詰めたくて堪らない。ラルフは無我夢中で腰をグリグリと押し回しては、グチュグチュと肉棒を穿っていく。

「……はぁ……、はぁ……、ラルフ……、ラルフ……ッ」

熱に赤く火照って、汗ばむ肢体が、リネンの上でのた打つ。

その淫らな姿に、身体中が沸き立っていく。

「ね、……もっと……もっと……気持ちよくなろう？　……シャーリー、拒まないでよ。……お願いだから、……僕の、……奥まで受け入れて。……ねえ、……愛してよ……」

縦横無尽に腰を振りたくっていると、肉棒を突き上げられるたびに、リネンの上を少しずつ滑っていたシャーリーの頭が、パイプベッドからふたたび落ちそうになる。

「あっ、あっ、……待って……、お、落ちちゃ……、落ちちゃ……」

怯えるシャーリーの肉洞がきつく収縮して、脈動する肉竿を締めつける。その感触にラルフは、いっそう律動を速めた。

力強く腰を摑んでいる。この手を放さない限り、シャーリーは落ちない。だが、本人は緊張に身体を強張らせてしまっている。

「……ラルフ……、だめ……待って、待って……、あ、あぁ……っ！」

キュウキュウと肉棒を引き絞ってくる媚襞に、身震いが走り抜けていく。

「シャーリー……凄い、こんなの……とまらない……」

熱く濡れそぼった襞を割り拡げながら、肉棒を抽送する感触が堪らない。

もっと、激しく。

もっと、強く。

シャーリーの膣洞《ちつどう》を、満たして、そして擦り立てたかった。

「なにも怖くなんてないから……。ほら、……ねえ、もっとなか、突き上げさせて」

熱に魘されたように、ラルフは息を乱していた。

「だめぇ、……くっ……んぅ……、ん、あっ、あぁ……！」

パイプベッドの上から、仰け反り落ちるような格好のまま、シャーリーは頭を左右に揺らす。

「いや、いやぁ……っ、も……だめぇ……落ちちゃ……」

ガクガクと腰を揺らしながらも、シャーリーが懇願してくる。

緊張に膣肉が窄まり、肉茎が強く締めつけられると、いっそうラルフの理性が切れそうになった。

「シャーリー。……そんなこと言って、……逃げようとしても……無駄だよ」

落ちると思っているのだろうか？　たとえ命の危険が迫っていたとしても、ラルフが彼女の身体を放すなんてありえないというのに。

そのことを知らしめたくて、ラルフは無理な体勢のまま、激しく肉茎を抽送し続ける。

「……あ、あ、あぁっ！　怖ぃの……。ラルフッ！　も……、もう……しないで……ぇ」

拒絶されればされるほど追い詰めたくなる。

「やめないよ。シャーリーのなかで、もっと、なんども、イキたい」

逃がさない。

もう絶対に、この腕から放しはしない。シャーリーは永遠に、自分だけのものだ。

誰にも邪魔はさせない。

「……ラルフッ……、お、……お願い……だからっ、んぁ……っ！」

なにを言っても無駄だ。

どれだけ愛しているのか、どれほど欲しているのか、気が狂うほど、教え込みたかった。

「シャーリー。シャーリー……、愛してる」

ラルフは膨れ上がった欲望から、シャーリーの子宮口に向かって、勢いよく白濁を迸らせる。

「んぅ……、あく、んぅ……!!」

シャーリーはガクガクと腰を跳ねあげながら、注ぎ込まれた熱い飛沫を受けとめ、ぐったりと身体を弛緩させた。

＊＊　＊＊　＊＊

それから、ラルフとシャーリーは姉弟という立場にありながらも、恋人同士のような甘い関係を続けていた。

朝夕を問わずに口づけを交わし、シャーリーのきめ細やかな肌を隅々まで堪能し、欲望の限り熱を穿つ。ラルフはこの世に生を受けて、今が一番幸せだと思った。

しかし、平穏は長くは続かなかった。

すべて丸く収まったはずなのに、シャーリーがなにかに思い悩んでいる様子だったからだ。

「あの……、ラルフ……」

今日も、シャーリーはなにかを尋ねようとしてくる。

「どうかした?」

ラルフは都合の悪いこと以外は、なんでも正直に答えるつもりでいた。だが、いくら宥めすかしても、シャーリーはその先を話そうとはしない。

時折、ラルフの部屋を通り過ぎながら、溜息を吐いていることに気づく。だが、意味が解らない。いったい、どうしたというのだろうか。

姉弟であることに罪の意識を覚えているならば、近いうちに結婚の申し込みと共に、真実を話すつもりでいるから、その考えは改めてもらうつもりでいる。なんの問題もない。その期日を早めた方がよさそうだ。

――ラルフがそんなことを考えていたある日。

愛し合うふたりを静観していた家令のバーナードが、とつぜん反旗を翻した。

「申し訳ございませんが、お嬢様にはすべてお話しさせていただきました」

とつぜん、書斎にやってきたバーナードが、無表情のまま呟く。

「なにを言ってるんだ？」

意味が解らず、ラルフは眉根を寄せた。

「……庭園で、あなたがしたことを、お嬢様にぜんぶ話させていただきました」

どうやらバーナードは、よりによってシャーリーに対して、ラルフが暴漢であった真実を告白したらしかった。

「……っ!?」

ザッと血の気が引いた。すべてうまくいくはずだったのに。どうしてこの男は、そのような真似をしたのだろうか。

「ふざけるなよ！」

ブルブルと震えながら立ち上がり、ラルフは書斎にある机の上を殴りつける。

「すべての間違いを正すためです」

勝手なことをしないで欲しかった。なにも間違ってなどいない。今はもう、問題なくふたりは愛し合えるようになっているのだ。きっかけが強引過ぎたことは解っている。だが、家令ごときに文句を言われる筋合いはない。

バーナードはシャーリーに横恋慕していた節がある。だから、ふたりを引き裂こうとしたに違いなかった。

「……っ！」

今頃、シャーリーは深く傷ついているはずだ。もしかしたら、また窓から身を投げるかもしれない。

ラルフは急いで仕事をしていた書斎から、シャーリーがいるはずの部屋へと向かった。

彼女の部屋には鍵がかけられたままだ。まずは自分の部屋に足を踏み入れる。

すると、思いがけず、ラルフの部屋に佇むシャーリーの姿を見つけた。

「……シャーリー……？」

様子を窺うと、なにかを片手に握り締めて、放心している。名前を呼ぶが返事がない。

ラルフはシャーリーに、そっと近づいた。

シャーリーは宝石箱を取り落としている。なかに入れていたのは、シャーリーを襲った際に、破瓜の証を受けとめたハンカチだった。彼女はそれを握り締めているらしい。

見られてはいけないものを、見られてしまった。

ゾッと血の気が引く。シャーリーは人のものに勝手に触れる性格ではない。だから、ラルフは鍵をかけないでいても、安心しきっていた。

「……嘘……っ……」

宝石箱の中身について、シャーリーにふたたび尋ねられたときには、他のものを入れて誤魔化そうと考えていたことを思い出す。幸せな日々のせいで、すっかり忘れていた。

シャーリーがラルフの部屋を通り過ぎるたびに、溜息を吐いていたのは、もしかして宝石箱の中身が気になっていたからなのだろうか？

積み上げた関係が、ガラガラと崩れ落ちていく気がした。

やけに自分の心臓の音が速い。

どう声をかけていいか解らない。誤魔化すこともできない。

結局、ラルフはいつも通りを装った。

「あーあ。……見ちゃったんだ？　絶対にだめだって言っておいたのに、勝手なことするなんて、ひどいな」

ラルフが拗ねた声で話しかけると、シャーリーは目を瞠って振り返ってくる。

暴漢でも見つけたような表情だ。確かにそれで間違いではない。しかし、甘い日々を過ごした後では、怯えた表情がひどく心に突き刺さる。

「もう気づいているだろうけど、犯人は僕だったんだ。シャーリー、無理やりひどいことして、ごめんね。……だって、大好きな姉さんを、誰にも渡したくなかったんだから、仕方ないよね」

ラルフが謝罪するが、シャーリーの返事はない。

「ごめんってば。怒らないでよ」

あんなひどい真似をしたのだ。怒るなと言っても無理な話だろう。

怯えさせないように少しずつシャーリーに近づく。だが、近づいた分だけ、義姉は後ずさった。

「どうして逃げるの？　姉さんは僕のこと好きって言ってくれたよね、ずっと傍にいてって、言ったはずだよね」

シャーリーの返答はない。義姉は沈黙したまま、ブルブルと顔を横に振る。

「大好きだよ。……ねえ。こっちにおいでよ。キスしてあげる」

そうしてついに壁際に追い詰めると、シャーリーはとつぜんラルフを振り切り、駆け出してしまう。

「いやぁっ」

やっと、シャーリーから発せられた声は、ラルフを拒絶するものだった。目の前が真っ暗になる。愛しい人からの拒絶。それは、この世のすべてをなくすことと同じだった。

シャーリーは部屋の扉にぶつかるようにして飛び出し、そのまま外へと向かっていく。

——捕まえて、閉じ込めなければ。

ラルフはそう思った。

放っておけば、シャーリーは邸を出ていってしまい、二度とここには帰らないだろう。

シャーリーのいない世界で、たった独り生きていくぐらいなら、どれほど恨まれても構わない、自分だけのものにする。そう思い、ラルフは夢中になって追いかける。

泣かれても詰られても恨まれても怒られても構わない。どんな感情を抱かれていても、シャーリーさえ傍にいてくれればよかった。

女の足で逃げ切れるものではない。ラルフが義姉に追いついたとき。

「……っ!?」

シャーリーは足を縺れさせ、階段から真っ逆さまに落ちていく。

とっさに両手を伸ばしたラルフは、大切なシャーリーを庇って強く抱え込むようにして、そのまま階段を転げ落ちた。

エピローグ　偽りなきふたりの関係

この世のすべてはラルフのためにあるのではないかと、そう信じてしまいそうなほどの幸運が起こる。階段から落ちたふたりは無傷だった。しかし、シャーリーはどこかに頭をぶつけてしまったらしく記憶を失ってしまっていた。

シャーリーはなにもかもすべてを忘れている。もちろん、ふたりが姉弟であることすら覚えてない。ラルフは迷うことなく、ふたりの新しい関係をシャーリーに教えた。

「僕たちは、幼なじみで、結婚を誓い合った仲だよ」

最初は疑っていたが、仲睦まじいふたりの写真を見せるだけで、シャーリーは驚くほど簡単に嘘を受け入れてしまう。記憶をなくしていても、彼女の素直さは健在だった。

記憶のない彼女は、不安からラルフを頼るようになり、ラルフが献身的に尽くした結果、愛してくれるようになった。

この好機を逃がすわけがない。ラルフは養女として扱われていたシャーリーを戸籍から抜いて、自分の妻として書き換えた。

彼女に豪奢な純白のウェディング・ドレスを纏わせて、教会で正式な結婚式も済ませた。すでに懐妊の兆しが見える。

これでいつ、シャーリーの記憶が戻っても、他の男にとられる心配はない。永遠にシャーリーはラルフだけのものになったのだ。

すべてが輝いて見えた。しかし、家令のバーナードだけは、いつまでもふたりの結婚に反対していた。彼女に想いを寄せていたのなら当然だろう。

主人の妻に恋する使用人などいらない。有能な男だが、辞めさせることも考えた。だがラルフが生まれる前から邸に仕えてくれていたバーナードの父が、今は病床にある。そんな相手に、余計な心労をかけさせたくないため、しばらくはこのまま雇い続けることにした。

バーナードは生真面目な男だ。シャーリーに手出しはしないだろう。

そうしてすべての願いが叶った今、ラルフは愛しい花嫁を昼夜問わず抱き続けている。

ふたりが通っていたローレル・カレッジには、休学届を出しておいた。元からラルフは通う必要もないし、記憶をなくしたシャーリーには必要のない場所だ。

なにもかもが順風満帆に思えた。しかし、歪《いびつ》な幸せはつかの間の夢でしかなかった。

——ある夜のこと。

なんどもなんども、愛するシャーリーと身体を繋げているのに、その夜はいっこうに熱が引かなかった。まるで媚薬でも盛られているかのような昂ぶりようだ。

「シャーリー……、もっと……。ああ。なんて感触なんだ。堪らないよ」

ラルフは無我夢中で腰を振りたくり、シャーリーの身体を滾る肉棒で貫き続けた。

「……んぁ……っ、ラルフ……、凄いの、あ、あぁっ」

激しい情交のせいで、シャーリーは次第に朦朧とし始めてしまう。背中に手を回してみると、抱きしめた身体は、ひどく熱くてじっとりと汗ばんでいた。

「はぁ……、あぁ……。そんなに……、ぐちゅぐちゅしたら、……ラルフのいっぱい溢れる……。あ、あぁ……っ」

騎乗位でラルフに跨り、淫らに腰をくねらせていたシャーリーは、普段とはまるで別人のような蠱惑《こわくてき》的な表情を浮かべ、淫らな声を上げ始めた。

「んぅっ！　あ、あぁッ！　……凄い……ラルフッ。もっと、もっとして。ねえ。グリグリされるの好きなの、いっぱい突いて欲しいの」

ズチュヌチュと肉棒を突き上げられ身悶えるシャーリーの妖艶な姿を、ラルフは恍惚とした表情で見つめていた。

「もっと、……ねぇもっとして？　……ママも言ってたの。……パパと愛し合うよりも、ずっとずっと弟の方が気持ちいいって。……はぁっ、んん……私……、いつも見ていたのよ？　ママとお父様が毎日ベッドの上で、……こうして……たくさん、抱き合っていたのを……」

思いがけないシャーリーの言葉に、ラルフの動きがとまる。

シャーリーは幼い頃のことを滅多に話さない。だから養女となったことも覚えていないのだと勝手に信じていた。だが、違ったのだろうか。

それよりも聞き逃せないのは、先ほどのセリフだ。

彼女は、ラルフの両親のことをお父様とお母様と呼んでいた。パパとママなんて言葉は聞いたことがない。それは確かだ。だとすれば、それは実の両親のことなのだろう。

ママとお父様が愛し合っていた？　弟の方が気持ちいい？

それは、どういうことなのだろうか。ラルフが呆然としていると、シャーリーは薄紅色の唇の口角を上げて、艶やかに微笑んでみせた。

「だから、……ずっと……楽しみにしていたの……。大好きな、……弟と、こうして気持ちよくなれること……、ねぇ、気持ちいい。……こんなに、想像よりずっと凄い……あ、あぁ……っ」

ラルフは目の前が真っ暗になる。それと同時に、憤り勃っていた欲望が急速に、萎んでいく。

「……どうしたの……、ラルフ」

もの足りなさげに尋ねてくるシャーリーの声が、遠く霞んで聞こえた。

ふと思い出したのは、幼少の頃のシャーリーのセリフだ。

『触っちゃだめっ。ラルフは私だけの弟なの！』

どうしてあのとき、シャーリーは出会ったばかりの弟に、独占欲を露わにしたのか。

すべては、幼い彼女が見た光景に起因するのではないのだろうか。

もしかして、ラルフの父の初恋相手は……。

ラルフは、吐精することなく萎えてしまった肉棒を、シャーリーの内壁から引き摺り出した。そしてバスローブを羽織る。

「ラルフ……？　どうしたの。私のこと、嫌になった？」

いきなり素っ気なく身体を離されたシャーリーは、泣きそうな顔でラルフを見上げる。

「ごめんね。ちょっと急ぎの仕事があるのを思い出したんだよ。すぐに戻るから」

ラルフは急いで、スリッパも履かずに書斎へと駆け出した。そこはラルフの父も使っていた場所だ。

ずっと両親のことを疎ましく思っていたラルフは、父の幼少の頃の写真など見たことがなかった。だが、今は自分の考えを否定したくて、アルバムを開くことにした。

書斎に駆け込んだラルフは燭台を片手に、片づけられていた父のアルバムを探す。

いくつかのアルバムが見つかり、震える手でページを捲っていく。すると、ほどなくして若い頃の父とその姉が仲睦まじそうに寄り添う姿が見えた。

——その姿は、まるでラルフとシャーリーと見紛うばかりだ。

「……っ!!」

ザッと血の気が引いた。シャーリーは、父の初恋相手——実姉の娘。つまりは姪にあたる関係だった。だから、この邸に引き取ることができたのだろう。

そして父は姉と禁断の関係にあったに違いない。そうするとシャーリーは、もしかしたら、父と血が繋がっている可能性があるのだ。

父はこのことを知らなかったのだろうか？　愛する者の忘れ形見とはいえ、実の娘に手を出すなんて正気ではない。いや、姉を抱いた時点で、父に道徳心など消え失せていたのだろうか？

慌てて書斎に飛び込んだため、開いたままになっていた扉が、ギッと軋む音が聞こえた。

ラルフは殺気立ちながら振り返る。

「誰だっ！」

そこに立っていたのは、家令のバーナードだった。彼は、無表情のまま静かにこちらを見つめていた。彼と彼の父は、ずっとこの邸に仕えていた。もしかして真実を知っていたのだろうか。だからこそ、シャーリーとラルフの結婚を反対していたというのか。

「……お前は知っていたのか」

怒りを押し殺した声でラルフが尋ねる。するとバーナードは静かに答えた。

「お嬢様の実の母君は、父親の命令で望まぬ結婚を強要されたのです。しかし、結婚相手とは喧嘩ばかりでうまくいかず、寝室も別になっていたようです。毎日のように旦那様のもとを訪れては、……奥様の目を盗んで愛し合っていらっしゃいました」

それは間違いなく、シャーリーは父の娘だという宣告だった。

「このことを知る者は、他にいるのか」

「いいえ、私の両親だけです」

きっぱりと答えるバーナードには、迷いがない。

「そう。それなら永遠に黙っていて。いいね。僕たちは、もう夫婦になったんだ。たとえ誰であろうと邪魔はさせない」

鬼気迫る声で告げると、バーナードは恭しく頭を垂れた。

「……旦那様のお望みのままに」

＊＊　＊＊　＊＊

ラルフは父の持っていたアルバムをすべて焼き捨てるように家令のバーナードに命じると、書斎の椅子に深く腰かけた。シャーリーの写真は置いておきたかったが、あの調子では、彼女の母の写真が交じって残りかねない。

「……っ」

気持ちを静めるために、深呼吸しようとした。だが、無駄だ。心臓が壊れそうなほど早鐘を打っていた。

暗い部屋のなかで放心していると、次第に頭の芯がズキズキしてくる。

シャーリーのことはずっと、血が繋がらない相手だと信じていた。

だからこそラルフは、養女となった彼女が、ラルフの得るべきものを奪ったことに恨みを抱いたこともあった。だが真実は、親を亡くした実の姉が、引き取られただけだったのだ。

慌てて運び出されたため、アルバムから抜け落ちたのか、シャーリーの幼い頃の写真が一枚床に落ちていた。そこには男の子のように短く髪を切られた幼い彼女の姿が映っている。

ブライトウェル家に引き取られて間もないシャーリーは、両親に対して従順で、願いごとひとつ口に出さなかった。昔のシャーリーが真似していた、母の初恋の男性の仕草や服の着方、そしてしゃべり方が、今になっては、不自然に思えてくる。

もしかしたら、シャーリーの父とされている男は、シャーリーが浮気相手の子であると気づいていたのではないだろうか。抱いてもいない妻が妊娠したのなら、浮気されていたことは疑いようもないはずだ。

家名のためにも、妻の不貞は公表できず、自分の娘としてシャーリーを育てなければならなかったのではないだろうか。その心はどれほど暗く恨みに満ちていたか想像に難くない。

シャーリーが不自然に聞き分けがいい子供だったのは、父だと思っていた男に、逆らう気にもなれないほど厳しく躾けられ、自分の分身であるかのように、振る舞わせられたせいなのではないだろうか。髪を短く切られ、服の趣味を合わせられ、しゃべり方も、仕草も叩き込まれる。そうすれば誰から見ても、血が繋がっているように見えるだろう。ラルフの母が、顔の似ていないシャーリーを見て、初恋相手を思い出して歓喜したのも頷ける。そう考えれば、なにもかも辻褄が合う。

「……なんてことだ……」

女性は庇護されるべきものだ。血の繋がった家族なら、思いやるのは当然だったのに。エゴで捻じ曲げられて男のように厳しく育てられ、挙句にその両親を亡くし、傷ついていたはずのシャーリーに、自分は冷たく当たっていた気がする。

両親に溺愛される彼女を羨み、自分だけのものにする優越感から生まれ出て、次第にラルフのなかに育っていった執着。甘い香りと優しい温もりに誘われるように、どうしようもなく惹かれてしまった。その相手が、本当の姉だったなんて。

ラルフは愕然としてしまう。そして、身震いがとめられなかった。

近親相姦の背徳。一緒に育ってはいるが、血は繋がっていない。自分はそのことを知っていたからこそ躊躇いはなかった。

だが、真実を知った今、震えが込み上げてくる。ラルフは血の繋がった自分の姉を凌辱し、さらには孕ませてしまっている。

得体のしれない不安が腹の奥から迫り上がり、血の気が引いた。しかし、真実を知ったとしてもシャーリーを手放すなんてできない。

この禁忌を知っているのは、この世で四人だけだ。ラルフ、家令のバーナード、バーナードの両親。

そのうちひとりは死出の縁にある。バーナードの母は、口の堅い女性だ。この夫婦から洩れることはないだろう。そしてバーナード。生真面目な男だ。ブライトウェル家で雇用している限りは、外に洩らすことはない。

ラルフさえ黙っていれば、世間的には、父の姪であり養女になったシャーリーと愛し合い、従姉弟同士であるが結婚したという体面が保てる。記憶をなくしたシャーリーにも、永久に話す必要はないだろう。

むしろ、子を孕んだ今となっては、シャーリーの心をこれ以上傷つけないためにも、知られては困る。

「……シャーリーは……」

シャーリーは、ラルフを実の双子だと思っているときから、彼に恋をしてくれていた。

そのことを、血が繋がっていないと思いこんでいたラルフは、当然のように簡単に考えてしまっていた。しかし、実際に自分の身に降りかかってみると、それがどれほど、深い愛と決断を要することだったのか、思い知る。

「……」

シャーリーは、ずっとラルフのことを考えてくれていた。それなのに、ラルフはシャーリーに対して、身勝手な真似ばかりしていたように思える。

さらにはそのせいで、記憶をなくしてしまったのだ。

今のシャーリーではなく、以前のシャーリーに謝りたかった。だが、あれから記憶が戻る兆候などない。そのことが、今さらになってラルフの胸を痛ませる。

「僕は、……シャーリーに……、なんてことを……」

ふと、父は本当にシャーリーを自分のものにしようとしていたのだろうかという疑問が浮かんできた。もしも、自分が父の立場だったなら？

シャーリーが先に亡くなり、娘が残されたとしたら、どうしただろうか？

愛する者の血を引いた娘だ。なにを蔑ろにしたとしても、溺愛するに違いない。

そして、日々成長するにつれて表れる彼女の面影を眺めながら、愛し合った日々を慈しむだろう。

妻がいたとしたら、ずっと娘の傍にはいられない。もしかしたら、その寝姿を見たくて、夜中部屋に忍び込むに違いなかった。

――父は、本当に娘としてシャーリーを愛していたのではないだろうか――。

自分の間違いに気づいたラルフは、ゾッと血の気が引いた。

彼女が父に襲われそうになっていると思っていたのは勘違いで、ラルフが一方的にシャーリーを守っていたつもりでいたのなら？

ロニーのこともそうだ。認めたくはないが、彼は本気でシャーリーを好きでいたのだと後で気づいたことを思い出す。男子学生が、友達の前で悪ぶるのは、よくあることだ。利用するだけで付き合っていたのなら、音楽の道を摑んだときに、いくつもの手段でシャーリーに連絡を取ろうとはしなかったに違いない。

ふたり組のならず者に目をつけられたときのこともだ。もしも、ラルフがデートの邪魔をせず、外出許可を出していたなら、ロニーはきっとシャーリーを邸まで送り届けていた。それが紳士というものだ。そして、ラルフがお菓子のお土産を頼まなかったら、シャーリーは学園内で頼める馬車に乗って帰宅していたに違いない。

おかしな男たちにすれ違うこともなかった。襲われる心配などなかった。

すべて間違いで、勝手な逆恨みだ。

ラルフは自分の行動を棚に上げて、思い通りにいかない鬱憤を、愛する者を凌辱することで晴らしたのだ。

「……僕は、なんて……ことを……」

その後、窓から身を投げようとしたシャーリーの姿が思い出される。

『……ラルフ……？　放し……て……』

もはや心が擦り切れて、涙を流す気力すらなくなっていたシャーリー。

あそこまで、追い詰めたのはラルフだ。

「シャーリー……」

激しい後悔が、心を突き上げてくる。ラルフは、弾かれるように立ち上がり、シャーリーがいるはずの部屋へと駆けていった。

＊＊　＊＊　＊＊

ラルフは急いでシャーリーの部屋に戻った。だが、ノックをしても返事がない。

脳裏に浮かんだのは、放心したまま窓から身を乗り出し、鳶色の髪を風になびかせていたシャーリーの姿だ。だが、シャーリーは階段から落ちる以前の記憶を失っているはずだ。

夫に深く愛されて、幸せに満ち溢れているはずの彼女に、なにか起きるわけがない。

そう自分に言い聞かせる。息を吸おうとした。だが、うまく呼吸できない。

きっとシャーリーは、疲れ果てて眠ってしまったのだと信じたかった。

「シャーリー、入るよ」

ラルフが部屋に入ると、部屋の奥にあるベッドから啜り泣く声が聞こえてくる。

ギクリと身体が強張った。

慌ててシャーリーのもとに駆けて行く。ベッドの上を見ると、頭から毛布を被った彼女が、蹲《うずくま》っていた。

ラルフはシャーリーに近づき、そっと抱きしめようとした。だが、彼女に因縁をつけるように傷つけてしまった過ちに気づいたばかりのラルフは、その身体に触れることができない。シャーリーが蹲っているベッドのすぐ脇に跪いて、静かに尋ねる。

「シャーリー。どうして泣いてるの？」

尋ねながらも、ラルフの瞳まで潤んでしまっていた。彼女に詫びたい。それなのに、ラルフが傷つけてしまったことすら、シャーリーは記憶から消してしまっているのだ。

医者に聞いた話では、人間は強いストレスを受けると、心を守るために記憶をなくすことがあるらしい。初めは階段を転げ落ちたせいで、頭をぶつけてしまったのが原因だと思っていたのだが、きっとそうではない。

忘れてしまいたくて、なにもかも捨ててしまいたくて、記憶を消したに違いない。

ラルフは、シャーリーを深く傷つけたことを、認めたくなかっただけだ。

話しかけても答えはない。シャーリーの泣き声を聞きながら、ラルフは心臓を切り裂かれていくような居たたまれなさを感じていた。

忘れられていることは解っていたが、謝らずにはいられなかった。

「ごめん。……シャーリー、僕が悪かったんだ……。謝っても、許してもらえないのは、解ってる……だけど……」

謝罪するラルフの声が、次第に嗚咽混じりになってくる。すると、ずっと啜り泣いていたシャーリーが、そっと毛布から顔を出した。

その顔は、まるで子供みたいに、涙でぐしゃぐしゃになってしまっている。

「シャーリー」

ラルフは跪いたまま、前のめりにシャーリーの顔を覗き込む。

「ラルフ……、私、気がついたら、こんなことに……」

毛布を捲ると、リネンには染みができていた。ラルフが彼女の膣孔に放った白濁が、溢れ出たせいだ。シャーリーはそのことに驚いてしまったらしい。

初めて愛し合った頃ならまだしも、いつものことだ。ラルフには、どうしてシャーリーが泣いているのか理解できない。

「シャーリー？　なにが悲しいの」

ラルフは訝しげに彼女に近づく。すると、ビクリと怯えたように、後ろに下がられてしまう。なんだか様子がおかしい。

「わ、私……。階段から落ちて……、気がついたら、裸でベッドに……。いったいなにがあったの？」

自分の身体をギュッと抱きしめながら、シャーリーがガタガタと震えていた。嘘をついているようには見えない。

ラルフは愕然とする。

どうやら以前の記憶を取り戻し、代わりに最近の記憶を失ってしまっていたらしい。幼い頃の記憶が引き出された後、なにかが起きたのだろうか？

「……記憶が戻ったんだね。……シャーリー……。本当に……よかった……」

ラルフは、安堵と後悔から、力なく床に座り込んでしまう。頭のなかが真っ白になると、眦から透明な滴が零れ落ちていく。

「ごめん……、シャーリー。……ごめん。嫉妬したんだ。……ロニーなんかに、取られたくなくて、……気づいたら僕、……シャーリーにあんなひどい真似を……」

ラルフはずっと、シャーリーを騙してでも、彼女を手に入れたいと願っていた。恨まれてもいいと考えていた。自分は間違っていないと、言い訳していた。

だが、今は心から詫びたくて堪らない。

許されるとは思わない。それでも、シャーリーのいない人生なんて、考えられなかった。

ベッド脇に力なく座り込み、項垂れているラルフを、シャーリーは悲しげに見つめてくれる。

た。だが、そっとベッドから降り立ち、ラルフを包み込むようにして抱きしめてくれる。

「……怖かったけど……。もういいの……。私も、ラルフのこと……好きだったから」

決して許されない真似をしたのだ。シャーリーが許そうとしてくれていることが、信じられなかった。

「あんなことをしたのに、……僕のことをまだ好きだと言ってくれるの？」

ラルフは小刻みに身体を震わせながらシャーリーに尋ねる。

「階段から落ちる前も、逃げようとしたのは、動揺しただけで、……ラルフを嫌いになったわけじゃないの。時間が……欲しかっただけ……。怖かったけど、あれがラルフだったなら、……いいから……泣かないで。……そんなに好きでいてくれたことが、……うれしい。ラルフ以外の人に、抱かれたんじゃないこと……、すごく……うれしい……」

都合のいい夢を見ているのではないかと思った。だが、伝わってくるシャーリーの体温は、紛れもなく現実だ。

「シャーリー……」

ラルフは顔を上げると、そっと華奢な身体に腕を回した。

今にも壊れそうなほど、小さな身体だ。こんなにも儚げに見えるのに、シャーリーはラルフとは比べものにならないほど、包容力がある。

「ずっと、ずっと大切にするから、いつまでも傍にいて……」

傷つけた分だけ、必ず幸せにするから、どこにも行かないで、傍にいて欲しかった。

するとシャーリーは、所在なげに呟く。

「……でも私は……、血の繋がった姉なのに……」

ラルフの手が、ギクリと強張る。

記憶をなくす前のシャーリーに戻っている。つまり、彼女は今、ラルフと双子だと信じているはずだ。

確かにシャーリーは養女ではなく、ラルフの血の繋がった姉だった。だが、戸籍上は従姉弟同士にあたる。結婚することにはなんの問題もない。そして、彼女のお腹には、すでにラルフとの子供が宿っている。

シャーリーにもう嘘は吐きたくなかった。しかし、彼女の心を守るために、最後の嘘を吐いて、永遠に守り切ろうと固く誓う。

「落ち着いて聞いて欲しい。本当は、僕たちは双子じゃなくて、従姉弟同士なんだ。幼い頃にシャーリーの両親が亡くなって、うちに引き取られたことは間違いない。信じられないなら、戸籍を見れば解る」

「……嘘……っ」

シャーリーは目を瞠る。

「じゃあ、……私が、……いくら頑張っても、お母様が愛してくれなくなったのは、そのせいなの?」

シャーリーの深緑色をした美しい瞳が、みるみるうちに潤んでいく。

「私が馬鹿だから、お母様に嫌われてしまったのだと思って……、勉強して、それでもだめで……」

ラルフはずっと、シャーリーは勉学が好きなのだと思っていた。だが、それは間違いで、母に認めて欲しくて、足掻いていたせいだったのだと気づく。

シャーリーがどんなことにでも一生懸命だったのは、知っている。なんでも楽にこなせるラルフとは違い、人一倍努力していたのも知っている。だが、それがすべて、母に愛されようとしていたせいだとは、思ってもみなかった。

シャーリーが母のことを気にしていたのは知っていた。だが、悲しみに涙を零すほど気にしていたなんて、思ってもみなかった。柔らかな笑みを浮かべているシャーリーは幸せなのだとラルフはいつの間にか、勝手に決めつけていたのだ。

ラルフの母は、シャーリーが幼い頃は、自分の想い人を彷彿とさせる彼女を溺愛していた。母が愛せなくなったのは、この世でもっとも憎んでいた相手の顔に、シャーリーがそっくりになってしまったからだ。自分の愛する者と結婚した挙句に、その立場を嘆き、挙句に夫まで奪った相手に対する憎悪は、想像するに容易い。いくらシャーリーが努力しても、愛される日など永遠に来なかったに違いない。

「シャーリーはなにも悪くない。……だから、もう母のことは、気にしなくていい……」

もう母はこの世にはいない。愛されたいと願う呪縛から、シャーリーは解き放たれてもいいはずだ。ラルフは、ギュッとシャーリーの身体を強く抱きしめる。

すると、彼女の身体が小刻みに震えていることに気づいた。

「シャーリー。……どうか泣かないで……。僕も絶対に、二度と傷つけたりしないから」

後悔の念に苛まれながらも、ラルフはシャーリーの背中を撫で続ける。そうして、どうにか落ち着いた頃、おもむろに彼女に告白した。

「怒らないで聞いて欲しい。……実はシャーリーが記憶をなくしているうちに、僕たちは心から愛し合って、結婚したんだ」

「……!?」

シャーリーは薄く唇を開いたまま放心していたが、モジモジと太腿を擦りつけながら、気恥ずかしげに尋ねてくる。

「じゃあ、これも……やっぱりラルフが？」

いきなり記憶を取り戻した挙句、誰もいない部屋で残滓を溢れさせていたシャーリーは、誰に抱かれたのか解らず、不安になってしまっていたのだろう。

「僕たちが、愛し合った証だ。……子供も、シャーリーのお腹のなかにいる」

「こ、子供……っ？」

さすがにシャーリーは動揺のあまり、声も出ない様子だった。

「シャーリー。嫌？　僕となんて、結婚したくなかったの？」

ラルフは泣きそうになりながら、シャーリーを見つめた。

「……ち、違うわ。ラルフのことは大好きよ。でも、記憶をなくして、いきなり色んなことがいっぱい変わっていて、びっくりして……。夢じゃ、……ないのよね？」

階段から落ちたところで、記憶がなくなっているシャーリーには、驚きの連続だろう。

狼狽するシャーリーに、ラルフは優しく諭した。

「夢じゃないよ。記憶をなくしていたシャーリーに、今の状況を整理して教えてあげる。僕たちの本当の関係は双子じゃなくて従姉弟同士。信じがたいだろうから、あとで戸籍票を見せてあげる。それにもう結婚しているんだ。でもシャーリーのために、もう一度結婚式を挙げる。いいね？　これは決定だから。そして重要なのが、僕たちの愛の結晶が、シャーリーのお腹に宿っていること。まだ三カ月目だから、実感が湧かないだろうけど、無理はしないで欲しい」

ラルフが説明すると、シャーリーはゆるゆると頷き、現状を受け入れてくれようとしていた。しかし戸惑いは隠せないようだ。当然だろう。

「そして、最後に一番大切なことを言うから覚えておいて」

「大切なことって？」

不安げに首を傾げる姿が愛らしい。シャーリーのすべてを、今すぐにでも満たしたくて堪らなかった。身体だけではなく、傷つけてしまった心も、すべて癒したい。

本当は、そんな権利など実の弟であるラルフにはないことは解っていても。

「僕は世界中の誰よりもシャーリーを愛しているんだ。たとえ死がふたりを別つとも絶対に離れない。それだけは忘れないで」

とつぜんの告白に、シャーリーは真っ赤になりながらも、ラルフを抱き返してくれた。

「私も、ラルフのこと、今までもこれからも、ずっとずっと愛してる……」

シャーリーの甘い香りが鼻孔を擽る。体温も肌も、なにもかもがラルフの心を満たす。

堪らないほど心地よい感触に、ラルフは恍惚として瞼を閉じた。

この愛しい存在を自分だけのものにするためにも、ふたりの真実の関係が、異母姉弟であることは、永遠の秘密だ。

＊＊　＊＊　＊＊

そうして、シャーリーはラルフの愛を受け入れてくれてから、蕾が綻んで大輪の花を咲かせるように、目を瞠るほど美しくなった。

今日は、ブライトウェル邸の庭園にテーブルを用意して、お茶を飲むつもりだ。優秀な園丁が整えた庭園は、春の訪れで天使の花園のような様相をみせている。

アネモネ、クロッカス、スノードロップ、チューリップ、季節外れに開花した薔薇。

シャーリーは色とりどりの花々に大喜びして、お茶会に飾るための花を摘みに行ってしまった。

用意されたテーブルの上には、シャーリーの好きなお菓子が並んでいる。

レーズンとマーマレードをたっぷりとかけたブレッド&バタープディング、グラスにフルーツやクリームを重ねた鮮やかなトライフル、外はカリカリにしてなかはしっとりと焼いたチョコレートファッジケーキ、レモンカードのケーキ。見ているだけで胸やけしそうだが、シャーリーが喜んでくれるなら、いくらでも用意させる。もう紅茶を淹れた後だというのに、この様子では飲む前に冷めてしまいそうだ。

ラルフがテーブルの上に目をやって、苦笑いしていると、隣に控えていた家令のバーナードが、神妙な顔で尋ねてくる。

「本当にこれでよろしかったのですか」

シャーリーへの恋慕を疑い、この男は解雇するつもりでいた。だが、彼の父が亡くなった後も、邸に置き続けている。ラルフとシャーリーが実の姉弟であるという重大な秘密を握っているこの男は、生真面目で呆れるほど主人に忠実だ。つまりはラルフが雇い主である限り、外に秘密は漏れない。

「いいんだよ」

ラルフは、シャーリーが本当は他人だと思っていたから、自分の両親の愛を奪っていった彼女に嫉妬して、執着を強めたことは認める。

だが、シャーリーはお互いの両親たちの想像もできなかった関係に翻弄《ほんろう》されて、深く傷つけられても、懸命に彼らに愛されようと生きていた実の姉だった。それなのに、ラルフは彼女をさらに苦しめ、そのうえ、真実を隠して姉弟で結ばれるという許されない関係を強いようとしている。

真実が解った今も、シャーリーを誰かに渡すなんて、絶対にできないからだ。

美しい姉は自分だけのものだ。シャーリーに吐いた最後の嘘は、永遠に守りぬく。

大罪の業も、背徳も、すべてはラルフだけが知っていればいい。

「ラルフ！　バーナード！　見て、こんなに綺麗なの」

棘《とげ》があるはずの薔薇を摑んで、シャーリーはクスクスと笑いながら芝生の上を、くるくるとターンしている。無邪気に遊んでいる場所は、ラルフがシャーリーを暴漢のふりをして凌辱した場所だ。

「本当だね。とっても綺麗」

ラルフは眩しいものを見るように、瞳を細めてシャーリーを見つめる。

「……お嬢様は、母上様によく似ておいでです……」

呟くバーナードが、どこか懐かしげに呟く。ラルフはそのとき、家令がずっと胸に秘めていた女性がシャーリーではなく、彼女の母親なのではないかと気づいた。だが、その相手はもうこの世にはいない。永遠に想いが叶うことはないのだ。

ラルフはバーナードのように、諦めたりしない。罪など怖くない。

たとえ神に罰せられたとしても、シャーリーさえ傍にいてくれればいい。

「ねえ。ラルフもこっち来て」

シャーリーはクスクスと笑いながら、甘い声音で誘う。

彼女の周りはいつだって春の日差しに包まれていて、キラキラと美しく輝いていた。

どれだけの鋭い棘が突き刺さろうとも、姉は太陽に向かって顔を上げて、穢れないままで人を魅了する。そうしてラルフは美しい花を欲して、手を伸ばし続けるのだろう。

「……すぐに行くよ」

そう言って、立ち上がったとき――。

シャーリーがいつか見たような蠱惑的な笑みを浮かべた気がした。

番外編

施錠 —After・Love—

朝陽が部屋に差し込んでいた。

どうやら、そろそろ目覚めなければいけない時刻になっているらしい。

解ってはいたが、シャーリーは昨夜疲れ果ててしまったせいか、瞼が重くて目が開かなかった。ふわふわとした気持ちで微睡《まどろ》んでいると、柔らかな感触が唇に触れる。

「……ん……っ」

心地よくて、温かくて、ずっとこうしていたい。

しかしそうしているうちに、唇に押しつけられる感触は強くなり、さらには熱くヌルついたものが、口腔に押し込められてくる。

「く……ふ……っ、ん、んぅ……」

息苦しさに身を捩りながら、自分の唇を塞いでいる相手の胸をポカポカと叩く。

相手はビクともしないどころか、さらに激しいキスを求めてくる。そんなことをシャーリーにしでかすのは、この世でただひとりしかいない。

「舌、気持ちい……、もっとキスしようよ」

シャーリーの唇を塞いでいたのは、夫であるラルフだった。幼い頃から双子の弟として一緒に育った彼に対して、シャーリーは許されざる想いを抱えていた。

しかし驚くことに、ラルフは弟ではなく従弟だったのだ。ふたりは、いくつもの障害や誤解を乗り越えて、はれて夫婦になることができた。彼は、ずっとシャーリーだけを深く愛してくれていただけあって、とても優しくて思いやりがある最高の旦那様だ。

ただひとつ、困った癖だけを除けば……。

「ラルフ、だめだって言ってるのに。どうしてそんなことばかりするの」

無理やりラルフの唇を引きはがしたシャーリーは、涙目で訴える。

「どうしてって……、シャーリーがかわいいからだよ」

それがどうかしたのかと言わんばかりに、ラルフは首を傾げた。

「……っ！」

思わず目を瞠って、シャーリーは真っ赤になってしまう。そんな恥ずかしくなるようなことを、真顔で言わないで欲しかった。

「寝ているときにキスしないでって言ったでしょう」

ラルフは両想いになる前から、一緒に眠っているシャーリーに、こっそりと淫らな行為を繰り返していたらしかった。そのせいで、夫婦になった今でも、シャーリーが寝ている間に、勝手に悪戯をする癖がついてしまっているのだ。

「うん。その話は覚えてるよ。確かにそう言われたけど、僕は約束をした覚えはないかな」

　無邪気な笑みを浮かべて言い返され、シャーリーは呆気にとられてしまう。すると、放心している彼女の両頬を手で包み込み、ラルフが愛おしげに見つめてくる。

「だって、食べてしまいたいぐらいこんなにかわいいのに、なにもせずに見ていられるわけないよね」

　同意を求められても困る。

「寝ているときは、もう絶対なにもしないって約束して！」

「ごめんね。無理だと思う」

　悪びれもせずに言い返され、シャーリーはますます頬を赤く染めてしまった。

「じゃあ、二度と一緒に寝てあげない。部屋の鍵もラルフがマスターキーを持ってないものに付け替えるから、この部屋に入らないで」

　ツンとしながら、声を荒立てて宣言すると、ラルフは捨てられた子犬のような表情で、じっとこちらを見つめてくる。

　ここで折れてはいけない。言うことを聞いてしまっては、彼の意のままになってしまう。

　そうだ。顔を見なければいい。

　シャーリーは自分にそう言い聞かせ、ラルフから顔を逸らした。

「……シャーリーは……、僕とキスするの、嫌いなんだ……」

しょんぼりと俯きながら、ラルフが呟く。

「ち、違うわ。そうじゃなくて……」

慌てて訂正しようとすると、ギュッと手が握りしめられた。温かい感触に、トクリと胸が高鳴ってしまう。

「じゃあ、好き?」

青い瞳を潤ませて、愛おしげに見つめられては抵抗できなかった。

「……う、うん……」

シャーリーは躊躇いながらも、小さく頷いてしまう。

「愛してる……。大好きだよ」

チュッと甘く口づけられ、優しく舌が絡められ始める。蠢く舌先に擦りつけられ、快感に身を任せそうになったシャーリーは、慌ててラルフを引きはがした。

もうキスで誤魔化されたり、淫らな行為でなし崩しになどさせない。

今日こそは、はっきり言わなければ。

「ラルフのことは大好きだけど、寝ているときに触られるのは嫌なの!」

睨みつけるようにして訴えると、ラルフは軽く唇を尖らせた。

「……シャーリー。本当は、僕のことが嫌いなんだ」

「そんなこと言ってないわ」

どうしてそうなってしまうのだろうか。まったく言うことを聞かないラルフに、シャーリーは別の方法で言い聞かせることにした。

「ラルフだって、眠っている間に私に触れられていたら、嫌でしょう?」

自分がされたくないことは、人にしてはいけない。これは一番、相手に解ってもらいやすい忠告の仕方のはずだった。だがラルフは一筋縄ではいかない。

「嬉しいけど? シャーリーならなにをしてもいいよ。いくらでも僕に触って」

もはやなにを言っても無駄だった。きっとラルフは自分がなにかをされたことがないから、どれだけ恥ずかしいかが解らないに違いない。

「解ったわ。……じゃあ、今晩ラルフが寝ている間、私の好きなようにするから! 後悔しても遅いわよ!? 本当にいいのね?」

ラルフはその言葉を聞いて、パッと顔を輝かせた。

「うん。楽しみ! シャーリーは僕になにしてくれるのかな」

どうやら彼は本気で喜んでいるらしかった。期待に満ちた眼差しをシャーリーに向けてくる。その瞳を見返したとき、シャーリーの胸に不安と後悔が押し寄せた。

「キスしてくれるのかな。それとも僕の恥ずかしいところを扱いて、出てしまうぐらいに舐めてくれるのかな。もしかして、無理やり犯してくれるの? 恥ずかしいけど、シャーリーになら僕の初めてをぜんぶあげてもいいよ」

男性であるラルフに、いったいどんな『初めて』があると言うのだろうか。だが、なにかを言い返す余裕などシャーリーにはまったく残ってはいない。

今夜なにをすればいいいか考えるだけで、精一杯だった。

＊＊　＊＊　＊＊

不安に苛まれながらも夜になった。しかしラルフはなかなか眠ってくれず、シャーリーは自身の眠気と戦い続ける羽目になってしまった。

結局、彼が眠りに落ちたのは、シャーリーの瞼の筋力が限界に達する寸前のことだった。

端整な面立ちは、眠っていてもまったく崩れることはない。しかし無防備な状況のせいか普段よりも幼げに見えた。

「……よく寝てる……」

大好きなラルフの寝顔は、見ているだけで胸が温かくなってくる。それだけで満足してしまったシャーリーは、もうなにかしたことにして眠ってしまおうかとも考えた。

「……」

しかしシャーリーは嘘が吐けない性格だった。適当なことを言っても、ラルフはすぐに見抜いてしまうに違いない。それでは、反省を促すことはできないだろう。

「なにをすればいいの？」

自問しながら、彼のふわふわとした柔らかな金髪に手を伸ばして頭を撫でた。心地よい感触にずっとこうしていたくなってしまう。

「……これだけじゃ……、だめよね」

ラルフをじっと見つめていると、形の良い唇が目に映る。シャーリーが眠っているときにされているように、キスしてみよう。

そう考えて、自分の唇を近づけてみる。だが、無防備なラルフの寝顔は天使のようで、そんな淫らな真似をすることなんて、できなかった。

「……だめ……、できない……」

キスもできないなんて、どうしたらいいのだろうか。

泣きそうになりながら唇を噛んでいると、ラルフが寝返りを打ち、その手がシャーリーの身体を抱き寄せるように腰に回された。

「あ……っ」

ラルフの手が微かに動くと、くすぐったさからシャーリーの身体がビクンと跳ねてしまう。思わず声を出しそうになるのを、寸前で堪えた。

「す、少しだけなら……、大丈夫……よね？」

シャーリーは腰に回されたラルフの手を摑むと、自分の唇に彼の指をそっと押し当てる。

そしてすぐに離した。

たったそれだけの行為でも、恥ずかしくて耳まで真っ赤になってしまう。

「自分から……、ラルフに、キスしちゃった……」

甘い溜息が漏れる。唇にではないが、指先でもキスには違いないはずだ。

シャーリーは目的を果たしたため、眠りにつこうかと考えるが、ラルフの身体が目の前にあることが、ひどく気にかかってしまう。

「……ご、ごめんなさい……」

シャーリーはラルフの身体に腕を回すと躊躇いがちに、ギュッと抱きしめた。

広い胸に顔を埋めると、彼の温もりが伝わってくる。

「気持ちいい……」

ほうっと甘い溜息を吐いて、均整のとれた体躯を持つ彼の胸の筋肉に頬を摺り寄せた。

心地がいい。

ずっとこうしていたい。

眠っているシャーリーにラルフが触れてくる理由が少しだけ理解できた気がした。

「……あ、あの……、ラルフ……」

普段は素直に伝えられない言葉も、今なら言える気がした。

シャーリーは声を震わせながらも、彼に告白する。

「……だ、……大好き……。私をお嫁さんにしてくれて……ありがとう……」

そう呟くと、顔から火が噴きそうなほどの羞恥を覚えた。もう限界だった。

「もうだめ……」

少しだけでも頭を冷やしたくて、シャーリーはバスルームに駆け込もうとした。だが、ラルフから離れて、ベッドを降りようとするシャーリーの手が摑まれ、強引に引き戻されてしまう。

「……え!? な、なに……」

とつぜんのことになにが起きたのかまったく解らなかった。シャーリーが目を丸くしていると、ラルフの腕のなかで抱きすくめられた。

「シャーリー」

名前を呼ばれ、シャーリーはますます驚いてしまう。

「ラルフ!? いつから起きていたの? も、もしかして……、ぜんぶ見ていたんじゃないわよね?」

羞恥に真っ赤になりながら尋ねる。すると、ラルフは当然のように言い返した。

「最初から起きていたけど?」

つまりは、シャーリーが決死の覚悟で行った淫らなことを、すべて知られていたということだ。

「騙すなんてひどいわっ」

そうだと解っていたなら、シャーリーはあんな恥ずかしい真似をしなかったのに。

「僕は眠ったなんて、一言も口にしてないんだから、騙したわけじゃない」

確かにその通りだったが、ラルフは寝息を立てていたはずだ。それは、騙していたとは言わないのだろうか。

「知らないっ。手を離して」

ぷいっと顔を背けながらも、シャーリーの顔は耳まで真っ赤になってしまっていた。

恥ずかしい。もうしばらくラルフの顔が見られない。どうしたらいいのだろうか。

そう思って泣きそうになっていると、いきなりシャーリーのナイトガウンの紐が解かれて、柔らかな胸の膨らみを露わにされてしまう。

「……え!?　あ、あの……、なにするの……」

ラルフは彼女の身体にのしかかりながら、情欲に満ちた眼差しを向けてくる。

「なにって、あんなことをされたら、我慢できなくなるのは当然だよね?」

シャーリーはただ、ラルフのふわふわとした髪を撫でて、綺麗な指先にキスをして、広い胸に顔を埋めてギュッと抱きしめただけだ。いったい、どの行為が我慢ができなくなるというのだろうか。

さっぱり理解できない。

「あんなことって……？　私、なにか悪いことをした？」

狼狽するシャーリーの胸の膨らみを、ラルフはいやらしく摑みあげると、その薄赤い頂に触れてくる。

「……や……っ、そんな風に摑んだら……、んぅ……っ」

生暖かい口腔に乳首が咥え込まれ、ヒクリと震えたとき、ラルフが薄く笑って言った。

「勘違いしてるようだけど、僕は悪くないと思う。だって、我慢できなくなるぐらい、シャーリーがかわいすぎるんだからしょうがないよ。悪いのは、ぜんぶシャーリーだ」

身勝手なことを言って、ラルフはシャーリーに淫らな行為を強要してくる。

「人のせいにするなんて、ラルフったらずるいわ。私はなにもしてないのに！」

いくら夫婦とはいえ、相手が眠っているときには恥ずかしいことをしてはいけない。

シャーリーはただその約束をして欲しかっただけだ。だが、甘い口づけで誤魔化されてしまって、今夜も願いは叶えられそうになかった。

そうして、甘えたがりな夫に翻弄されるシャーリーの日々は、ずっと続いていくのであった。

あとがき

初めまして。または二度目以上の方はこんにちは。仁賀奈です。とりあえず、前置きとしまして、『監禁』を未読の方は、そちらを読まれてから、こちらの『虜囚』を読まれることを強くお勧めしておきます。一応個別でも読めるようになっていますが、両方読んでやろうという気概のある方は、ぜひ『監禁』からお願いします。こちらの『虜囚』はとてもネタバレが激しいので、ご了承ください。

それはさておき、ソーニャ文庫様創刊おめでとうございます!! 創刊第一弾に呼んでいただけてとても光栄です。ありがとうございます! 日頃からお世話になっていた変態師匠こと安本様とご一緒に本が作れて仁賀奈は心から嬉しいです! 本当にありがとうございます! 編集技術もさることながら、もはや尊敬に値するマニアック変態言動の数々に天使のような性根。もはや安本様は存在がコメディです（大笑）。↑褒めている。原稿を書いていると、ネガティブ思考に陥りやすいのですが、他社の仕事をしているときですら、メンタル面に気を遣ってくださるという仁賀奈にとってなくてはならない編集様です。すごく素敵な方です。原稿を書いていて、うっかり間違えていることも瞬時に指摘してくださるので、助かります！　憧れます。大好きです。これからもよろしくお願い致します！　でも仁賀奈は心のなかで、オカン編集と呼んでいます（待てや）。言動がとってもお母さんみたいです。でもすごく変態です（笑）。↑ひでぇ！　仁賀奈は今日も元気に恩を仇で返すよ！

それはさておき、『監禁』『虜囚』が二冊同時発売になった経緯ですが、ラッキーな偶然で決まりました。そこから予定していたお話を膨らませて、どんなものにするか色々考えてこういう形になりました。あまりキャラの思考を掘り下げる機会がなかったので、とてもいい経験ができました。新創刊のレーベルで今まで書いたことのない内容で、新しい試みができて仁賀奈はとても楽しかったです！　読んでくださる方にも、楽しんでいただけると嬉しいです。

ヒーローは腹黒がデフォルトな仁賀奈ですが、ヤンデレまで到達したのは初めてかと思います。最終的にはそれなりにハッピーエンドになれているのではないかと思います！

――というか、本編の病み度合いが嘘のようなバカップル番外編。危機感も背徳感もなにもなくなっているよ！　涙が出てきます（笑）。あんなに苦労して書いたのに、なんだったんだよ、お前らとっとと引っついとけよ的な感じになっちゃってるよ！　だめだ。気にしちゃだめだ。まったく気にしちゃだめだ。こうして二人はいつまでも仲よく暮らしました。これぞ王道！　物語は深く考えちゃだめなんだ！

『監禁』を読むとラルフが怖く見えますが、『虜囚』を読むとシャーリーが恐ろしくも見えます。どっちもどっちですが、お互い好きなので、好きにしてくれという壮大な時間と労力をかけたオチです（ここでオチ言ってどうすんだよ）！

そんな二冊同時発売ですが、他社でもお世話になりました、天野ちぎり先生に挿絵をお願いしました！　表情や体位や手の動きなど、細かなディティールにこだわって、心の機微を描いてくださる素晴らしい先生だと思います。病んだラルフの表情には身震いが走りましたし、感じてしまうシャーリーの絵を拝見したときには、「いいぞ！　もっとやれ」と心から応援していました。細部までとても丁寧で美しいイラストは、見ているだけでうっとりします！　天野ちぎり先生、素敵な挿絵を本当にありがとうございました。

最後になりましたが、読んでくださった皆様、本当にありがとうございます。次にこちらでお世話になるときには、常軌を逸した変態（どんなレーベルですか（笑））のなかでも、どちらかというとコメディ風になるのではないかと思います。

王道だけど変態レベルに溺愛執着。どんなものになるか詳細はまだ未定ですが、楽しい本を作れたらいいなと思います。

よろしければぜひ、今後の参考のためにもリクエストまたはご感想など編集部あてに送っていただければと思います。年に一度ぐらいになっていますが、ペーパー等でお返事もしています。よろしければ、ぜひお手紙いただければ嬉しいです。

最後になりましたが、腹黒万歳！　腹黒万歳！　最近、腹黒を主張しすぎて、いい人を出すとすぐに腹黒だとばれてしまい、逆に腹が黒いキャラクターを書けないというジレンマに陥っていましたが、久々に腹黒が書けて楽しかったです。もっと、陰湿に人を貶めるような性質《たち》の悪い腹黒を書きたいですが、乙女小説の域を逸脱するという問題が発生してしまいます。

心の広い同志募集！　このソーニャ文庫様なら、できる気がします！　えへへ（揉み手）。

それでは、この本を読んでくださった皆様、いつも楽しみにしているとお手紙をくださる皆様。本当にありがとうございます。またお目にかかれると嬉しいです。

仁賀奈

この本を読んでのご意見・ご感想をお待ちしております。

◆ あて先 ◆
〒101-0051
東京都千代田区神田神保町2-4-7 久月神田ビル7階
㈱イースト・プレス　ソーニャ文庫編集部
仁賀奈先生／天野ちぎり先生

虜囚

2013年2月26日　第1刷発行

著　者　仁賀奈《にがな》
イラスト　天野《あまの》ちぎり
装　丁　imagejack.inc
DTP　松井和彌
編　集　安本千恵子
発行人　堅田浩二
発行所　株式会社イースト・プレス
〒101-0051
東京都千代田区神田神保町2-4-7 久月神田ビル8階
TEL 03-5213-4700　FAX 03-5213-4701
印刷所　中央精版印刷株式会社

ISBN 978-4-7816-9501-3
定価はカバーに表示してあります。